ジェニファー・ルシュー 著
Jennifer Lesieur

広野和美 訳

ナチスから美術品を守ったスパイ

学芸員ローズ・ヴァランの生涯

Rose Valland

原書房

ナチスから美術品を守ったスパイ

学芸員ローズ・ヴァランの生涯

目次

大食漢と聖母マリア像

　彼が到着するまでの間、その場の空気はピリピリと張りつめていた。一九四〇年十一月三日、ドイツ兵たちは、前々日にジュ・ド・ポーム美術館に運び込まれた四〇〇個もの木箱の中身を次々に取り出した。巨匠たちの何百点もの絵画、彫刻、家具、絨毯、タペストリー、さまざまな貴重な装飾品を一昼夜のうちに館内のあらゆるスペースに並べ、あわただしく、猛スピードで、しかも正確に壁に掛けていった。普通なら、どんな美術館もそんなやり方は決してしない。エントランス・ホールと上階の間を何百回となく往復した末に動きはようやく緩やかになり、やがて止まると、館内は再び静寂に包まれた。展示会の準備がこれほど早く整ったことはいまだかつてなかったし、ジュ・ド・ポーム美術館にこれほどたくさんの傑作が揃ったこともなかった。

　翌朝、美術館に現れた現場指揮官は後ろ手を組み、唇に満足げな笑みを浮かべて、見えるほうの目で展示室をじっくり見て回った。この指揮官、ドイツ赤十字の立派な制服をパリッと着こなした長身のナチ党員、フォン・ベーア男爵は美術について大した知識は持ち合わせていなかったが、それでもこれらすべての作品の値打ちは十分に推測できた。部下たちがうまくやってくれたのは間違いない。

それから一同はしばらく待った。

やっと、エントランス前の砂利道にギーギーッと音を立てて黒のセダンが停まった。

号令と共に武装した歩兵らが直立不動の姿勢を取る。後部ドアから窮屈そうに巨体が抜け出てきた。大きな身体をいっそう大きく見せている長いコートに不格好な帽子といういでたちの国家元帥ゲーリングは、にこやかな表情でふくよかな手をフォン・ベーア男爵に差し出した。深い敬意を込めて身をかがめながらその手を握った男爵の手は硬くカサカサしている。二人が建物のなかに入ると、Reich《ライヒ》（ドイツ国）のナンバーツーは「おー！」と満足げな声をあげた。

そこは彼の趣味に合わせたもので埋め尽くされていた。オランダやフランスの絵画、マホガニー製チェスト、高価な振子時計などが並ぶなかをゲーリングは有頂天になって練り歩く。空軍総司令官であり、ナチズムの正当性を立証した戦争のヒーロー、大食漢ゲーリングは、フランドル絵画に描かれている人物の美しい頬、優しさを湛えた聖母マリアの表情、霧に包まれた夜明けの情景に感動していた。戦士でありながら審美家、「ルネサンスの人間」を自称するゲーリングは、自分の屋敷にどれを飾ろうかと物色する。ゆっくりと前に進むたびに彼の重い足音と随行者の足音が深紅のカーペットに吸い込まれる。ゲーリングはそのカーペットも大いに気に入った。「よろしければなんでも手に取ってご覧下さい」とフォン・ベーア男爵が奨める。すると、前から好みだった狩猟の情景が描かれた小品の一つを、指輪をいくつもはめた手で掴んだ。

そう、これ。そしてこれも、あれも、手に取ってみなければ。

離れたところから、ほとんど気づかれないように、一人の女性がその光景を観察していた。ほどよい距離を保って一行のあとから付いて行くが、そのほっそりした人影、ステンレス製の丸眼鏡の奥の色気のない顔に注意を払う者は誰もいなかった。だが彼女はナチスに占拠されたこの建物で働き、この日、ヨーロッパ最強の男——もちろんヒトラーに次いでだが——を出迎えた唯一のフランス人なのだ。首尾は上々。気づかれてはいけないのだから、絶対に。彼女は手に汗を握りながら、ひたすらゲーリングたちを見つめていた。

そのゲーリングは、興奮で顔を真っ赤にし、身体を揺らしながら、頭を大きく振ったり、感嘆の叫び声をあげたり、称賛したりしながら午後いっぱいをこの美術館で過ごした。その目は欲求が満たされたというより、むしろ大きな願いが叶った喜びに輝いていた。「シャンパンを！」兵士たちがワインクーラーから水滴のしたたるボトルを数本持ってきて、噛み潰した葉巻が溢れんばかりの灰皿と数体の聖母マリア像の間に置いた。乾杯の挨拶が交わされる。「Ｆｕｈｒｅｒ《フューラー》（総統）に！」「新しいドイツの栄華に！」「無敵のドイツに！」「そしてパリに！」「我らが支配するこの街が与えてくれたあらゆるものに！」——シャンパンが効いて、我らこそ絶対的な権力者だという感情が昂った。

大急ぎで作業したとはいえ、箱に収納されていた作品すべては展示しきれていなかった。ゲーリングは残りの作品もゆっくり鑑賞したいからと再度の来訪を望んだ。翌々日、美術館は再びゲーリングを迎え入れ、彼が自分の取り分を決めることができるよう、前回と同じようにもてなした。彼はそのために来たのではなかったのだろうか？

「これらの傑作はすべて総統に！」とゲーリングは叫んだ。その実、心のなかでは自分のためにどれを確保しようかと考えていた。さんざん迷った挙句、フェルメールの《天文学者》を自分のものにしたいという欲求をなんとか抑えた。これはヒトラーに捧げるべきだろう。ずっと欲しがっていたのだから。

ゲーリングは、ヴァン・ダイクとレンブラント一点ずつを含むこの上なく貴重な二七点の絵画を自分の特別列車に運び入れるよう命じた。同じように、ベルリン北部の別荘カリンハルを飾り立てるために、数点の家具、彫刻、ステンドグラスなど、少しずつ自分が確保する分を増やしていった。彼はすでに先に征服したポーランドやオランダで美術品を大量に選んできた。だが、パリは期待以上に欲求を満たしてくれた。ヨーロッパで最も美しい個人コレクションがあるのはまさにここパリだ。しかも、取り巻き連中がぺこぺことへつらいながら、それらの財宝を鼻の先に差し出してくる。その日、急遽、ジュ・ド・ポーム美術館に運び込まれたもののなかからゲーリングが持ち去ったのは、エドゥアール＆モーリス・ド・ロチルド［英語の読み方ではロスチャイルド］、ジョルジュ・ウィルデンステイン、セリグマン家など、最近、ナチスが略奪したユダヤ人美術愛好家や美術商のコレクションの作品だった。画廊や私邸あるいは私室を再現しているように見える展示室もあったが、いずれもすべてが大急ぎで揃えられていた。

夕方、国家元帥と随行員らはセダンに乗り込み、ジュ・ド・ポーム美術館の建物を振り返りもせずにあとにした。だが、数年後にはそこにあるものすべてが自分たちのものになると考えていたのだろう。彼らは認めざるを得なかった。ドイツ国の敵国のなかには趣味がいい国があることを。

例の目立たない女性は相変わらずそこにいた。ここ、寒々とした葉巻の匂いや重い息づかいがまだ漂う自分の美術館、汚されたばかりの自分の美術館で、これから起こることを恐れながら、彼女はその略奪の現場になす術もなく立ち会ったのだ。

彼女の名はローズ・ヴァラン。この日から、彼女は声を出さずに叫ぶことができるようになった。

枠から抜け出す

　ゲーリングがリッツ・ホテルで収穫を祝う饗宴を催している頃、ローズ・ヴァランは美術館のあるチュイルリー庭園を重苦しい心であとにした。底冷えする夜気のなか、鉤十字の巨大な旗がいくつもはためくリヴォリ通りを避けてセーヌ河を渡り、カルティエ・ラタンの自分の小さなアパルトマンまで自転車を走らせた。部屋に着くと、コートをウォールハンガーに掛け、マフラーは首に巻いたままにしておいた。薄暗い部屋のなかで、吐く息がまだ白いもやになって浮いている。ローズは乏しい食材でつましい煮込み料理を作った。次々と出される命令、軍服姿の将校ち、身分証明書の確認が常態化する前までは豊かだったこの国で、配給券ではほんの数グラムの食材しか手に入らない。カロリー不足のせいで、秋の寒さがいっそう身にこたえ、神経が苛立つ。食欲はないが、窓に向き合って食事を飲み込んだ。

　財宝の到来、高官らの来訪、ゲーリングの口角を吊り上げて笑うさまや赤ら顔の残忍な目つきからは何の期待も持てない。ナチ党員らを喜ばせていたものに、彼女は吐き気を催した。彼らに対して、低姿勢、つまり征服された者の姿勢を取らなければならないことが悔しかった。いずれにしても、八年前から学芸部アシスタントとして配属されている美術館での彼女の立場は曖昧だった。彼女のような貧しい家庭で育った女性にしては珍しいとはいえ、一時的なボランティアの位置づけだ。だが、ローズはパリ国立高等美術学校に入るために生まれ故郷のドーフィネ地方を去ったときから、既存の秩序から外れてしまっていた。当時の大きな潮流が彼女の気質に合い、彼女の進む道はタイミングよく逸脱していった。

彼女は子供時代のことは決して、あるいはほとんど話そうとしなかった。一八九八年十一月一日、蹄鉄工のフランソワ・ヴァランと家庭を切り盛りしていたローザ＝マリアの一人っ子として生まれ、長い間「可愛いローザ＝アントニア」と呼ばれていた。ラ・コート＝サン＝タンドレのエコール・ノルマル（小学校教員養成学校）では優秀で真面目な生徒だった。十六歳のとき、それは第一次世界大戦が勃発した年だが、彼女はイゼール県の奨学金選考試験に一番で合格した。そのためグルノーブルで勉学を続けることができたのだ。学識のある女性よりもよく躾けられた女性のほうが好まれていた時代に、彼女のような社会階層の若い女性が専門教育を受けるだけでも相当に進んでいた。職に就く女性はもっと稀だった。だからローズは特別の使命感もなく、小学校教師になるためにエコール・ノルマルで勉強することにした。美術のほうがずっと興味があったのだが。

青年期になったローズは、別の世界のことを学ぶのは今からでも遅くないと思い、厳格な世界から抜け出した。別の世界、それはデッサン、水彩画、油彩画の世界だ。一本の木炭スティック、一本の筆が人物や動物、植物を創りだす。それは彼女に開かれている全く未知の世界だった。紙あるいはキャンバスに広がる美の世界、手の届くところにあり、永遠に手直しできるし、そのまま保つこともできる美の世界が心を軽やかにし、冬の厳しさを和らげてくれる。

こうしてローズはリヨン国立美術学校に入学し、さらにパリ国立高等美術学校に進んだ。その後、高等学校や教員養成学校でデッサンを教えるための教職試験を、三百人以上いるなかの六番の成績で合格した。しかし教師になっても、やはり自分は教職には向いていないと感じていた。教えるよりも学ぶほうが好きなのだ。

一九二二年、二十四歳になったローズはパリにやって来た。大戦の傷痕はいまだに生々しかったが、ある世代の人々はこぞって祭りや斬新さ、自由に熱中してそんな状況を跳ねのけていた。サン＝ジェルマン＝デ＝プレのカフェや男性が女装をするピガールのキャバレーでは、人々は身体をねじらせ、外国の音楽、ジャズで身体を左右に振ったり、足を滑らすタンゴのリズムなどに酔い痴れていた。スペインの画家、アメリカの作家、ロシアの振付師など、さまざまな国のアーティストが自分たちの芸術を思う存分表現するために検閲を恐れもせずに、パリに来て住み着いていた。

ローズは田舎の生活とのあまりの違いに少し戸惑ったが、突き飛ばされながらも惹きつけられる「狂乱の時代」にのめり込んでいった。通りの絶え間のない喧騒や人ごみに茫然としながら、あちこちの美術館やギャラリーを立っていられなくなるまで巡り歩いた。パリジェンヌの化粧姿やクロッシュハット、短い丈のドレスに感嘆したが、自分には似合いそうもなく、そんな恰好をしようとは思わなかった。イゼール県では大胆だと思っていたショートヘアだけがパリ風に思え、そのことをちょっぴり誇りに感じ、ほんの少し自信が付いた。多くの学校や職業がいまだに女性に閉ざされてはいるが、風向きが女性に味方するようになったとローズは感じた。戦争が始まって以来、女性の社会的役割が増大しているし、選挙権さえ要求するようになったのだ。

ローズは、美術学校の友人たちと一緒に自由奔放な生活に引きずり込まれていった。彼らはシュールレリアリズムに夢中だった。ブルトンはアカデミズムの規範をぶっ壊し、マックス・エルンスト、ダリ、ミロ、マン・レイは自分たちの芸術を豊かにするために妄想と不合理の世界にのめり込んでいた。ローズは心ならずも、自分のなかに染み込んでいる倫理観を拒絶するほうに惹きつけられ、こうした新しい感情をどう表現したものか模索していた。一本の花、一つの手、古典的なポーズを描くのにあんなにも神経を尖らせていたのに、フォルム、カラー、プロポーションがばらばらで調和が取れていないと感じるようになった。そうした大胆さが、無意識のうちに遠ざかって来た故郷の慣習から彼女を引き離し、じわじわと身に付いてきた。

ときおり、カフェで友人たちがドラクロワを酷評するふりをしたり、セザンヌを時代遅れだと評したりするのを耳にする。彼らと視線が合うと目を伏せるのだが、改めて彼らを見ずにはいられなく、結局、顔を赤らめて背を向けるのだった。そんなことが何度かあったあとは、その黒い目の女の子、あるいはいたずらっ子そうなブロンド娘に話しかけたり、彼女たちのいずれかと他人を交えずに会ったりするには勇気が必要だった。会話は確かに消えてなくなる。でも、彼女たちはどうだろう？

夕方、作品の下塗りに疲れ切って自分の屋根裏部屋に戻ると、ローズはみんなが話題にしているヴィクトール・マルグリットの悪魔的な小説『ギャルソンヌ』を読んで、思いのままに愛欲生活を送る主人公のモニクを羨ましく思う。小説の最後で、放埒なモニクも結婚して家庭を築くのだが、ローズは彼女がそのあとで別の運命を辿るのだろうと想像を膨らませるのだった。

厳しい勉強と、まだ明確になってはいないがもっと広大な夢との間で心が揺れながらも、彼女はちょっとしたきっかけを待っていた。そして、顔を覆った布越しに接吻する男女を描いたマグリットの《恋人たち》を眺めては胸が締めつけられるのだった。

ローズは、このような心の葛藤をサン＝テティエンヌ＝ド＝サン＝ジョワールの生まれ故郷の村で家族に打ち明けたかったのかもしれない。だが家族との距離はすでにあまりに開きすぎていた。蹄鉄工の父と、結婚よりも勉強するようにと背中を押してくれていた主婦の母にたわいもない手紙を何度も書いていた。大好きないとこのアドリアンとマルゲリットだって、キャバレーに響き渡るさまざまな音やギャラリーを埋め尽くすさまざまな色の不協和音に熱狂する気持ちを理解できないだろう。だからローズは「元気でいます」とか、「春になって桜の花が初めて咲きました」という便りを親愛の情を込めて書くだけで満足していた。

母親は、賢い自分の一人娘「ロゼット」が芸術家のたまり場に出入りしていることを知って心配になり、ときどき、列車で遠路はるばる訪ねてきた。芸術家たちの創造的なエネルギーは、イゼールの人間から見れば放蕩の極みに見えた。ヴァラン夫人は娘のショートヘアに驚愕したが、自動車には度肝を抜かれた。ローズは母を安心させるため、静かな喫茶店に連れて行ったり、夜には、声を震わせて語るラシーヌやモリエールの戯曲を観に劇場に連れて行ったりした。もし、カジノ・ド・パリで、黒い肌をした驚くほど美しい女性がバナナを腰に巻いて頭を振りながら踊っているのを知ったなら、母親はどう思ったことだろう！

けれどもヴァラン夫人は少なくとも一つだけ安心したことがあった。それは、ローズがこれまで通り勤勉な学生であるということだ。二十六歳のとき、それくらいの年齢の女性のほとんどはすでに結婚して母親になっているのだが、ローズは学びたいという強い思いで勉学を続けていた。美術学校の授業以外に、ルーヴル学院とパリ大学の美術・考古学研究所に籍を置き、「ジョットまでの美術界の動向の変遷」という論文を書き、さまざまな賞を得て美術・考古学研究所を卒業した。この論文は、キリスト教およびビザンティン文明考古学高等研究学院で書いた「十二世紀末のアクレイア（イタリア北東部）地下納骨堂のフレスコ画」という別の論文が下地になっている。

田舎育ちの目立たない若い女性が職を得るには、優秀であるというだけでは十分でなかった。ローズはデッサンのレッスンをしたり、地域の美術誌や新聞に記事を書いたりして、なんとか生計を立てていた。切り詰めて生活しても、知識を深めるためにときどきイタリアやイギリスを旅するにはぎりぎりだった。

一九三二年、ついにローズは、当時は「現代海外作品美術館」と呼ばれていたジュ・ド・ポーム美術館の扉を押し開け、アシスタントのポストを得た。だが、正式の職員になるまでに十年も待つことになる。その年に母親が亡くなった。父親はその六年前に亡くなっていた。突然、両親を次々と失ったローズは自立心と孤独感を深めていった。わずかな遺産で、母が亡くなるまで借りていた、リュテス円形劇場と植物園の間にあるナヴァール通り四番地のアパルトマンを買うことができた。

ジュ・ド・ポーム美術館は、夫あるいは体面上のあらゆる問題の代用としては十分だった。この美術館はアヴァンギャルドの最先端をいく斬新な展覧会を開催するなど、パリのほかの美術館に比べると一風変わっていた。ローズは確かにいくつもの美術学校で美術の基礎を学んできたが、今度は自分が新しい世界を人々に知らせるという喜びを感じていた。館長のアンドレ・デザロワはローズを正式な学芸員のように信頼してくれた。彼女はヨーロッパ各地からやってくるアーティストたちに会い、英語やドイツ語の基礎を学び、カタログの原稿を執筆し、芸術家の目だけが把握することができる関連性で各作品の保管場所を考えた。展覧会を十五回ほど企画したが、そのうちの一つはラトビア美術を扱ったもので、ラトビアの三ツ星勲章を受章する栄誉に与った。古典美術の教育を受けたあとにモダンアートに深く関わったことで、画像の神秘性をもっと突き詰めて、想像力を高めたいという気持ちになった。経済危機によって狂乱の時代の熱狂がいくらか弱まっていったこの三十年間に、ローズはその正確な記憶力で、自分が夢中になって追究してきた美術史の全貌をしっかり頭に刻み込んだ。

その同じ三十年の間に、ドイツではプロパガンダ展覧会が幾つも開催され、モダンアートに対する市民の反感を掻き立てていた。ヒトラーが政権に就いて以来、ドイツ人の意識までも統制したがっているように見えるナチ党は、アカデミックな規範に与しないものを断罪した。宣伝大臣のゲッベルスと彼の腹黒い手先たちにとって、コンテンポラリーな創作が切り開いた果てしのない可能性を秘める芸術分野は、「退廃」芸術でしかなかった。そうしたものは、病んだ脳が映し出す常軌を逸した投影図で、アーリア人の純粋な魂が視覚を介して汚されると彼らは非難する。このような忌まわしきものは破壊される運命にある。

ちょうどその頃、アンドレ・デザロワが病に倒れ、アシスタントであるローズの運命は激変した。一九三八年九月、ローズは国立美術館総局副局長のジャック・ジョジャールに呼ばれた。副局長は窓からセーヌ河が見えるモリアン棟の自分のオフィスにローズを迎え入れた。堂々として気品があり、艶のある毛髪、痩せこけた頬のジョジャールは高級官僚を演じている役者のような風情をしている。きわめて男性優位のこの世界でよく見られる尊大な態度を一切見せずに、ジョジャールはローズに語りかけた。彼は教師然としたこの独身女性が真面目で冷静なことをすぐに見抜いた。また、気を引いて信頼が得られるとも思っていなかった。直感だけで十分だった。ジョジャールはジュ・ド・ポーム美術館でローズにデザロワの代わりを務めるよう命じた。ジュ・ド・ポーム美術館の建物とコレクションを管理する責任を負うのだ。決して軽い責任ではない。おそらく、ジュ・ド・ポーム美術館の建物とコレクションが消滅しないように守らなければならないだろう。

消滅？　ローズはその危惧が現実となるさまをその目で見た。アンシュルス（ヒトラーによるオーストリア併合）、そして偽りの平和協定が結ばれて以来、戦争の脅威は高まっていた。ジャン・ゼー国民教育・美術大臣はフランスで戦争が勃発した場合に備えて、美術作品を避難させる計画を練り始めていた。ジャック・ジョジャールはスペイン内戦の初期にマドリッドのプラド美術館のコレクションの避難に関わった経験があったため、当然のように、その計画の指揮官に任命された。輸送ルートが設定され、決められた疎開先のリストが作成された。疎開先は、大量の美術品を保管できる十分な広さがあり、大都市からかなり離れていて、戦略的な点としては、爆撃、火災、洪水に耐えられるほど頑丈な城、修道院、寺院だ。

ミュンヘン協定が調印されたことで、この準備は中断され、最初の爆撃に対する不安はひとまず軽減した。一九三九年八月、フランスがドイツに宣戦布告をする数日前、パリの美術館の大々的な避難が本格的に始まった。ローズはジュ・ド・ポーム美術館の自分の狭い城から出て、行動を起こす準備ができていた。その情熱の炎は、やがて、自分の世界を包み込んでしまうことになる。

避難するルーヴル美術館

一九三九年八月二十八日の早朝、八台のトラックがルーヴル美術館の方形宮を出発し、パリを出てロワール川に向かった。ニンフや戦士、古代の神々、ふくよかなケルビム（智天使）たちを運ぶ奇妙な輸送隊が人知れず逃亡の旅に出たのだ。車がカーブするたび、でこぼこ道に差し掛かるたび、《モナリザ》が布張りの暗闇のなかでガタガタと揺れる。今では国立美術館の総局長になっていたジャック・ジョジャールは、数千点の国の最高傑作に同伴して決然とした態度で輸送の指揮を執り、疎開先に到着するまでその任を果たした。前日、彼はルーヴル美術館を閉鎖し、膨大な数の美術品を直ちに梱包するよう職員たちに命じていた。

協力に駆けつける人がどんどん増えていった。木箱を作り、ロープや滑車を使って重い作品を移動するために十数人の作業員が駆り出された。現場に動員されなかった女性たちは、作品を保護するための梱包に精を出した。サマリテーヌ・デパートの女店員は自発的に彫像や額縁に入った絵画を包装し、数千もの木箱に収納した。エジプト学者で古代部門担当のクリスティアーヌ・デロッシュ・ノーブルクールと絵画部門担当のマグドレーヌ・ウルスはそれぞれ担当部門の作品の避難に協力した。ルーヴル美術館では、四カ月間、昼夜を問わず、フランスの財産のなかでも最も貴重な品々をパリの外に避難させるため、金槌で叩く音や紙が擦れる音、作業に精出す叫び声が鳴り響いていた。

木箱には品名が書かれていないが、目立たない印で中身が判別できるようにされていた。ジャック・ジョジャールは、黄色、緑、赤の丸いラベルで重要度別に分類した。《モナリザ》とコローの《真珠の女》だけは特別に作られた防水・不燃性の高価な箱に赤ラベルを三個つけ、二重に梱包された。マネの《オランピア》、ミレーの《晩鐘》、フェルメールの《レースを編む女》はそれぞれラベルを付けた専用の箱に収められ、武装した警護係に警護されて出発した。衝撃を避けるために救急車の担架に載せて積み込まれた《モナリザ》は、ある地方からまた別の地方へと運ばれ、六年間に二千キロメートルも移動した。

この計画の大仰さは、歴史の一部を改ざんすることに比べればたいしたことではない。幅十メートルもあるダヴィッドの《ナポレオンの戴冠式》や巨大な《カナの婚礼》はどうやって移動させたのだろう？　専門家の許可を得て丁寧に額縁から取り外し、丸められた。塗料がもろくて剥がれそうな場合はそのやり方は禁じられ、そうした巨大絵画は、巨大な舞台装置の梱包・運搬に慣れているコメディー＝フランセーズの舞台装置課に運ばれた。《メデューズ号の筏》は田舎道を走るダンプカーに身を任せていたところ、ヴェルサイユ市街の路面電車の電線に引っかかってしまい、市内全域が停電に見舞われてしまった。輸送は奇跡的に、紛失も巨大な絵画が損傷することもなく終了した。反対に、大理石彫刻《サモトラケのニケ》の移動は困難を極めた。非常に重いため、落としでもすれば粉々になるだろう。何時間も掛けて忍耐強く、非常に熱くなったロープをさばきながら、神経を集中させて曳き船のように引っ張りながらダリュの階段をゆっくり降ろしていった。それが、宣戦布告のその日、ルーヴル美術館から脱出した最後の傑作だった。

最初の戦闘を不安な気持ちで待ち受けている「奇妙な戦争」［一九三九年にドイツがポーランドに侵攻したことを受けて、フランス、イギリスは宣戦布告したが、にらみ合いが続き、陸上戦闘がなかったためこう呼ばれた］のおかげで、ルーヴル美術館の救助隊員たちは冷静に、順序だてて行動することができた。数日のうちに、美術館に残っているのは重要度の低い作品と、裸になった壁に並べられた空の額縁だけになっていた。壁にはカンバスの正方形や長方形の跡がくっきりと残っていた。グランド・ギャラリーはまるで誰もいない駅のコンコースのようで、ほんの小さな音さえもよく響いた。舞台装置が取り払われ、役者もいない劇場の舞台のように、この建物の心臓は鼓動を止めた。

一九三九年十二月までに、学芸員のルネ・ユイグの助けを得て、総計五四四六箱を積んだ五十一の輸送隊がルーヴル美術館を出発し、そのうち四十の輸送隊はシャンボール城に向かった。芸術を愛したフランソワ一世の城館がこれらの財宝とその保護者達を迎え入れた。保管所の責任者、ピエール・ショメールは家族同伴でやって来た三十人ほどの警護員に囲まれた。そのほとんどはイル・ド・フランス県内の美術館の職員で、第一次大戦の退役傷痍軍人だった。城には暖房も水道も家具もないため、寝るのは近隣の村の宿だったが、そこで何を警護しているのかを語るのは禁じられた。

積荷のなかには、ほかの美術館の作品や国立美術館に委託された個人収集家の作品も含まれていた。こうして、絵画や家具、タペストリー、宝飾品が詰め込まれた約一万五〇〇〇個の木箱が、バイユーのタペストリー、イーゼンハイムの祭壇画、あるいは、ある家族がほんの数カ月前まで食事をしながら眺めていた小さな静物画と共にフランスの道路を走ったのだった。

ジュ・ド・ポーム美術館では、ローズ・ヴァランが最も美しい作品の避難を任されていた。モディリアーニ、ヴァン・ドンゲン、ピカソ、シャガールの絵画を含む二八三点の作品が梱包され、シャンボール城に発送された。ローズは残りの五二四点の絵画と九二点の彫刻を美術館の地下に隠した。切迫した状況での新しい責任の重さにローズは気持ちを奮い立たせ、作品を最初の疎開先に送り届けるだけでなく、自ら進んで、次の疎開先までも同行した。

ドイツ軍がヴァル・ド・ロワールを急襲したことを受けて、シャンボール城に疎開した作品のほとんどは十数カ所の別の疎開先に分散された。最も貴重なものは、脆弱な戦線で国が分断される前に南部に到着していた。ローズは輸送隊と共にアンドル県に向かった。ヴァランセ公爵が自分の城を国立博物館に自由に使用させてくれたのだ。その昔、タレーランの屋敷だったこの城に、最も有名な古代彫刻やハンムラビ法典、そして国立美術館の職員がそれぞれ丁重に迎えられた。

一九四〇年六月のある朝、ローズがドイツ軍のパリ侵攻、休戦、そしてド・ゴール将軍の呼びかけを数日遅れで知ったのは、ここ、トゥーレーヌで《サモトラケのニケ》や《ミロのヴィーナス》のそばにいたときのことだった。

ローズは警護員らと共に城に留まることもできただろう。あるいは、夏ごとに戻っていた生まれ故郷のサン＝テティエンヌ＝ド＝サン＝ジョワールに疎開することもできただろう。しかし、七月初旬になると、迷うことなくパリに戻る決心をした。自分の居場所はあの美術館、ジュ・ド・ポーム美術館だ。そして、まもなく地獄に落とされることになるその場所と自分はある種の秘密協定で結ばれていると感じていた。

美術品の略奪はドイツ国のため

休戦協定が調印された翌日、ヒトラーは大急ぎでパリを視察するため、早朝にパリに降り立った。ヒトラーお抱えの建築家のアルベルト・シュペーアと公認彫刻家のアルノー・ブレーカーの案内で、ヒトラーは、すでに台無しにされた夏の最初の数日間、ゴーストタウンのように寝静まった道路を幌付きオープンカーで走り回った。

ショーウインドーが閉まっていても、征服された者たちが誰もいなくても、そんなことはどうでもよかった。車は建築物見学コースを回っていたのだから。まずオペラ座の見学から始めた。ヒトラーはその見取り図を暗記していた。扉を開けさせると、ガイド役を演じているかのように、唖然とする警備員の前でこの建物に関する知識を披露した。次に一行はマドレーヌ教会、コンコルド広場を回ってからシャンゼリゼ通りをエッフェル塔と向き合うトロカデロ広場まで進み、しばし、宣伝用の美しい写真を撮って過ごした。アンヴァリッドで、独裁者ヒトラーはナポレオンの墓の上で黙祷しているかに見えた。パンテオンでは、そこに眠る偉人たちを蹴落とす自信があるとばかりに、冷たくあしらった。ヒトラーは「恐ろしい」と言いながら登ったサクレ・クール寺院の展望室から、まだまどろんでいるパリの街を眺めた。そのパリでは、多くの人がこのあと何が起こるかを知らぬまま、まだ眠りについていた。

ヒトラーは噴水や建物、閉ざされた鎧戸に所有者然とした視線を向けた。ついに、憧れていたこの街を軽蔑している市民から奪い取り、手に入れたのだ。この麻痺した首都には、挑戦的な視線を投げつける者など誰もいなかった。ヒトラーは悦に入ってシュペーアに言った。「パリを訪れることが長年の夢だった。今日、その夢が叶って、どんなに嬉しいか言葉が見つからないくらいだ」。それなのに、ヒトラーはパリを再び訪れることはなかった。しかし、シュペーアとブレーカーにそれぞれの任務を命じ、ベルリン、いやむしろ未来のドイツが威光を放ち壮麗なフランスの首都を粉砕するという願いを語った。

ヒトラーはその狂気の投影図のなかで、芸術を反ユダヤ主義やアーリア人の生存圏の拡大と同じくらい重視していた。ウィーン美術アカデミーの入学試験に二度も失敗した落ちこぼれ画家のヒトラーは、生活費を稼ぐために広告看板や絵葉書にパッとしない風景画を描いていた。彼にとって芸術は、美や瞑想、柔軟な感覚の源というより、むしろ、数あるもののなかの一つに対するたちの悪い執着や狂信的な妄想だった。そしてまた、ヴェルサイユ条約や自分を受け入れなかった美術アカデミーに対する恨みを晴らし、屈辱を消し去る手段だった。審美的な喜びというより、人種政策や領土拡張政策と同列の一つの構想だった。つまり、死ぬまで膨らませていく自己中心的な執着だ。

政権に就くとすぐ、ヒトラーは自分が容認できると判断する唯一の芸術がどんなものであるかを国民に示すため、真っすぐな円柱が並ぶコンクリートの建物「ドイツ芸術の家」をミュンヘンに建造させた。ローズがジュ・ド・ポーム美術館でヨーロッパのアヴァンギャルド展覧会を企画していた頃、ミュンヘンでは、一九三七年七月から十一月まで、二つの展覧会が同時に開催されていた。その一つ、「ドイツ芸術の家」での初めての大展示会では、ドイツ国民が称賛すると思われる公認の芸術、たとえば、ブロンドの髪に頬をバラ色に染めた家族、子供たちに囲まれた農夫、ドイツ民族の優位性を証明する神話の風景などが描かれた絵画などが展示されていた。

もう一つは「退廃芸術展」と銘打たれた展覧会で、ナチスに断罪された芸術が展示されていた。ゲッベルスはナチの審美モデルに基づいて、いわゆる「退廃的な」一万六〇〇〇点の作品をドイツの美術館から一掃した。燃やされた作品もあれば、党の資金調達のためにスイスに売却された作品もあった。そして、七〇〇点以上の作品がホーフガルテン（王宮付属庭園）で展示された。前衛芸術の最も有名な作品は精神病者たちの作品の傍らに置かれた。観客がアーリア民族の純粋な心を汚しかねないおぞましい作品だとしか見ないようにするためだ。アーリア人を再教育し、彼らから堕落したモダンアートを取り除く必要があったのだ。

芸術は間違いなく感覚を塗り替える。ローズは、ジュ・ド・ポーム美術館のすぐ近くにあるオランジュリー美術館でモネの数点の《睡蓮》をじっと見つめていたとき、乳白色のそよ風に包まれて、ふわふわと流れる世界に運ばれていき、そこで心が休まるように感じた。しかしヒトラーは、若者が恋人にキスするために空中を浮遊するシャガールの軽やかな心象風景を前にして、いかにも「ユダヤ人」らしい「過激主義」だとしか感じなかった。国民社会主義のような全体主義体制においては、現代の芸術作品は行動をリードし、唯一の方向に向かい、ナチスが望む社会の在り方を反映するものでなければならない。

しかしヒトラーはさらに先を見ていた。世界で最も大きく、そのそばにルーヴル美術館があったとしたら、単なる別館にしか見えないような美術館の設計図を自ら描いていたのだ。彼は若き日々を過ごしたリンツを芸術の都に改造したいと考えていた。そこには、桁外れに広い大通りに巨大な図書館、角ばった建物群、死後の自分が眠る霊廟がある。そして、容認できる唯一の審美眼、つまり自身の美的センスに基づいたナチの観点に添った先史時代から現代までの最も優れた作品を集めた『総統美術館』を建てることを思い描いていた。

しかしヒトラーに美的センスなどまったくなかった。彼の個人コレクションは、伝統的で保守的、通俗的あるいは死ぬほど退屈な彼の好みを反映していた。彼が好んでいた十九世紀の写実的な絵画こそ、ドイツ人の才能が最も美しく表現されている作品としてリンツに建てる予定の総統美術館に展示するのにふさわしいと思っていた。ナチ党員らにとって、クラナハを頂点とする北ヨーロッパの芸術ほど美しく偉大な芸術はなかった。フェルメール、レンブラント、ヴァン・ダイク、フランス・ハルス、ルーベンスらがそのあとに続く。ヴァトー、フラゴナール、ブーシェなど十八世紀のフランスの画家はイタリアの画家よりは好まれていた。もっとも、ヒトラーはミケランジェロを高く評価すると言っていた。

美術史家で学芸員のハンス・ポッセは、リンツ美術館にふさわしいあらゆる作品のリストを作成することを任され、それらを「合法的に」取得するためにほとんど無制限の予算が与えられた。だからポッセは、しばしば有無を言わせず作品を買い取った。彼は総統の小市民的な趣味を知っているため、取得を期待する枠を広げるように説得した。ヒトラーはポッセを信頼し、専門家のチームが占領地であろうとなかろうとヨーロッパじゅうを歩き回って選んだ美術品の数々を、承認するしないにかかわらず、慎重に監視させた。

一九四〇年六月、ヒトラーはすでに四六五点の絵画を手に入れ、ミュンヘンの自らの根城である総統官邸に保管していた。だが、その個人コレクションには、ずっと目をつけていたオランダの巨匠たちの作品が欠けていた。しかも、最も多くのコレクションを持つ収集家の多くはユダヤ人だ。そこでヒトラーは、なんの抵抗も感じることなく、正真正銘の略奪に身を投じた。

ヒトラーはまず、占領国で、ユダヤ人とフリーメーソンが所有するあらゆる美術品の没収を命じる政令を公布した。自由に手にできる天の賜物のおかげで、彼の将来の美術館を埋め尽くし、高く付くことがわかっている戦費を調達することができるはずだ。だが、彼はフランス政府に一日あたり四億フランという占領経費を支払わせなかっただろうか？

最初の没収に取り掛かるとすぐ、ポッセは急いでことを進める必要があると気が付いた。ゲーリングが目を光らせていたからだ。国家元帥は総統よりもはるかに貪欲なコレクターだ。彼の立派なコレクションはコツコツと収集されたわけではなく、賄賂を受け取る特権的な地位、ユダヤ人が所有していた会社を奪って築いた広大な産業帝国、彼の厚意に与りたいと願っている人々からの贈物の数々（趣味に合わなければ転売するのだが）などのおかげでその基礎が築かれたのだ。一九三七年に、ベルリンの北方六十五キロの森の奥深くに建てた狩猟用の屋敷に自分の財宝を集めるようになるまでは、いくつもある邸宅、別荘、城館、ヨットをとてつもなく豪華な装飾で飾り立てていた。

亡くなった最初の妻、カリンを偲んで「カリンハル」と名づけた丸太と石を使ったこの屋敷は、ゲーリングの巨体を反映するような壮大な棟をいくつも増築してどんどん巨大な建物になっていった。「カリンハル」はほどなく家具やタペストリー、磁器食器のセットが充実した本格的な領地美術館になった。屋敷の主人は併設されているプライベートジムで運動するよりも、自分の巨大な電気機関車の模型で遊んで過ごす時間のほうが多かった。庭園では、ペットの子ライオンたちが、著名なゲストに不快な思いをさせないようオーデコロンを振りかけられて散歩している。ゲストは、壁を埋め尽くす傑作を眺めながら幅五メートル、長さ十七メートルの「逸品のギャラリー」をそぞろ歩いてからでないと屋敷を辞することはできなかった。

だが、ゲーリングは美術品が増えれば増えるほど、もっと欲しくなるのだ。戦争のおかげで、思いがけず安価にコレクションを増やすチャンスがやって来た。五月、ドイツ軍がオランダに侵攻すると、ゲーリングはユダヤ美術の収集家として有名な美術商、ジャック・ハウトスティッカーのコレクションを手に入れることができた。「自分の」航空省の金庫から資金を引き出し、レンブラント、ヴァン・ダイク、クラナハ、ニコラ・プッサン、フラゴナール、ヴェロネーゼ、カナレット、ティントレットを含む六〇〇点の絵画を我が物にした。ポッセは、そうした作品をリンツの美術館用に確保したいと望んでいたが、ゲーリングに先を越されて悔しがるほかなかった。

パリを征服するということは、世界で最も優れた傑作の宝庫を征服するということだ。だからヒトラーもゲーリングもそこから財宝をごっそり持ち出すつもりでいた。役人気質が染み着いているナチス・ドイツは、すべて合法的な体裁を取るために、まず、略奪のプランを立てた。ところが、偏屈者の役人たちは必ずしも段取りが良くなく、フランスのコレクションの略奪は混乱を極めた。

「作品を救う」と彼らは言った

ローズはパリに戻り、ドイツ占領下のありさまを目の当たりにしたが、それでも夏は相変わらず輝いていることに驚いた。戦闘に対する不安からうわべだけの停戦が維持されていた。バーやレストランが営業を再開し、まるで侵攻などなかったかのようだ。「かのようだ」というのは、軽装や華やかなドレス姿に交じって軍服姿がたくさん行き来しているからだ。ドイツ国防軍の兵士たちは占領地で侵略者というよりも旅行者のように振る舞っていた。群れになって通りを練り歩き、カフェのテラス席で陽の光を浴びながら、笑ったり、子供たちの頬を撫でたり、パリジェンヌとじゃれ合ったりしている。兵士に対する命令は明快だ。兵士は占領地の人々に対し、礼儀正しく、適切に正しく振る舞わなければならない。彼らはドイツ国という強大国の顔、優等人種の代表者だ。いずれにせよ、彼らは野蛮人のような振る舞いはしない。

こうしたプロパガンダとしての礼儀正しさのなかでパリの日常は戻ったが、アコーデオンは悲しいメロディーを奏でていた。

ローズは、なにやら怪物じみたものが触手を広げて自分の日常を脅かしていることに気づいていた。ベルリンと同じ時刻（もっとも一時間の時差があるが）に強要された新しい法律によって、無実の人々を何ら処罰することなく打ちのめす真っ暗な監獄、そしてゴシック体で記された二か国語による交通標識。

一九一四年以降、戦闘地域のフランスの遺産を保護するため、「芸術作品保護局」という部署が設置されていた。フランス侵攻の当初から、フランツ・ヴォルフ＝メッテルニヒ伯爵がドイツ国防軍司令部の配下でその責任者に任命された。メッテルニヒはナチ党員ではなく、おまけに親仏派の美術史家だ。彼と手を組むことは可能だろうか？　ジャック・ジョジャールは空っぽになったルーヴル美術館にメッテルニヒを招いた。二人の語る声がエコーとなって鳴り響く展示室で、ジョジャールはメッテルニヒに美術品を安全な場所に移送したことを話した。忠実な親衛隊の一人なら、直ちに作品を戻すよう要求しただろう。しかしヴォルフ＝メッテルニヒは頷いて、理解を示した。ルーヴル美術館の傑作はすべて、最終的な平和が訪れるまで、疎開先で安全に保管することが決まっていた。国民社会主義者たちの考えや行動に反対の温厚なヴォルフ＝メッテルニヒは、少し安心した。

ローズはそれ以上に、特定のナチスの高官たちの行動に不安を募らせていた。ドイツ国の外務大臣、ヨアヒム・フォン・リッベントロップはオットー・アーベッツを在パリ・ドイツ大使に任命した。アーベッツもヴォルフ＝メッテルニヒ同様、秀でた美術通だ。しかしメッテルニヒと違い、アーベッツはがちがちのナチ党員だ。彼は任務に就くなりヒトラーの命令、すなわち、将来の「和平交渉」のために美術品を「保護する」ことを望むという主張に従って、パリにいる「ドイツ国の敵」たるユダヤ人、共産主義者、フリーメーソンの財産没収大キャンペーンに乗り出した。

七月になると、数々のアパルトマンや私邸、商店が強制的に捜索されるようになった。ロチルド家、ダヴィッド＝ヴェイユ家といったユダヤ人富豪の個人コレクションやアルフォンス・カーン、ジョルジュ・ヴィルデンステインといった収集家のコレクションが没収され、その勢いに乗って、セリグマンのような大画廊からも多くの美術品が略奪された。

兵士たちは、まるで狂気に取りつかれた法廷執行官のように、絵画、彫刻、宝飾品、家具を奪い取っては木箱に詰め込み、リール通りのドイツ国大使館に運び込んだ。たちまち、大使館のあらゆる部屋が信じられないほど大量の美術品、書物、古文書、そのほかの装飾品に占拠された。そのため別の保管場所を探す必要が生じた。こうしてルーヴル美術館の三つの展示室が「接収」という忌まわしい思い付きで徴用された。

アーベッツはその機会を利用してルーヴル美術館の作品を疎開先から戻すことを要求した。しかしヴォルフ＝メッテルニヒはこれに反対した。アーベッツ大使が振りかざすヒトラーの命令には、和平交渉が成立するまではいかなる美術作品も移動させてはならないと明記されているではないか！　ジョジャールは、戦時中の休戦はしばしの猶予にすぎないとわかってはいたが、ひとまず安堵した。

ところが、ナチ党が忌み嫌う文化財の目録を作成し、それらを没収するという任務を負った第三の組織がドイツ国から派遣されてきた。それが全国指導者ローゼンベルク特捜隊またはERRという秘密部隊だ。この部隊は、アルフレート・ローゼンベルクがベルリンから発する指示に従って、すでにほかの占領地で美術品を略奪する活動を展開していた。その名前を侮ってはいけない。ローゼンベルクは熱狂的なナチ党員で、ヒトラーから見てもよそよそしい男であり、ヒトラーは親衛隊から彼を引き離したほどだ。ナチズムの観念論者であるローゼンベルクは難解な言葉で滔々と自説を述べるわりに、その思想の中身は空っぽで、いい加減なえせ哲学者だった。ヒトラーは、「国民社会主義ドイツ労働者党の啓蒙と知的・イデオロギー教育の監督における総統の代理人」という仰々しい称号でローゼンベルクにERRを任せていた。

千人近くの人員がこの機関に所属し、ナチに降伏した各都市で、価値があればどんなに小さなものでも手当たり次第略奪していった。当時の美術市場の中心地であるパリにERRの支部を早急に設置する必要が生じた。夏になると、六十名ほどの職務に忠実な役人、専門家、写真家、秘書官、運転手らがたくさんのロジスティック・ツールを携えてパリにやって来たが、その頃には、人手、食糧、ガソリンが不足し始めていた。大々的に略奪するには経費がかかるが、ナチス・ドイツは金に糸目をつけなかった。

クルト・フォン・ベーア男爵はERRパリ支部でこうした契約や重要な課題を遂行する指揮を取るために選ばれたのだ。フォン・ベーアは美術の知識を持ち合わせていなかったが、自宅で妻と共に催す豪華なパーティーで公人に自分をアピールする術に長けていた。なんと言ってもゲーリングはその頃はフォン・ベーアのことは何も知らなかったが、すでに経済大臣に任命されていたし、建築家シュペーアは、この先、軍需大臣になるのだ。

ドイツ国には同じ仕事を担う機関や組織をいくつも設置するという奇妙な習性があり、そのために生産性に支障をきたし、権力争いが避けられなかった。ナチの主要な高官たちの例に漏れず、これらの三つの組織、つまり、芸術作品保護局、在仏ドイツ大使館、ERRはヒトラーの気を引きたい一心で憎しみと嫉妬の混じった敵対心を抱いていた。総統はときに同じ任務を複数の人物に担当させて、この混乱をさらに増幅させた。とはいえ、これら三つの美術専門機関は作品を何としてでも「保護」したいのだと主張していた。その実、しばらくは行政府あるいは上司の自宅を飾るためなのだ。

ERRはかなり早くライバルを蹴落とした。芸術作品保護局は大した脅威ではなかったが、闘志むき出しのドイツ大使、アーベッツを阻止するのは容易ではなかった。ローズは夏から秋の初めまで、木箱を積んだトラックがジュ・ド・ポーム美術館に立ち寄るのを何度も目撃したが、その箱のなかに何が梱包されているのか、トラックがどこから来て、どこへ行くのかまったくわからなかった。

ルーヴル美術館の「接収された保管場所」がいっぱいになると、ジャック・ジョジャールは新たな命令が下される前に先手を打った。没収品を保管するのにジュ・ド・ポーム美術館を使うようにERRに提案したのだ。ただし、一つ条件を付けた。それは、目録作成はドイツ人の役人たちとフランス人の美術館職員らが並行して行うというものだった。この要望は、フォン・ベーアとERRに送り込まれた芸術作品保護局の役人で協調性のないヘルマン・ブンイェス博士に受け入れられた。

十月三十日、ERRの面々がジュ・ド・ポーム美術館に押しかけて来た。豪華な宝石箱のようなこの美術館は、モダンアート展の開催が禁じられて以来、がらんどうで、殺風景だった。ジュ・ド・ポーム美術館に依然として残っている唯一のもの、それはローズ・ヴァランだった。四十二歳の誕生日に、ローズは、四六時中ドイツ兵士に監視され、混乱の只中にあるこの美術館で自分のポストを取り戻した。相変わらず、几帳面で誠実で控えめで、楕円形の眼鏡の奥に計り知れない瞳を湛えていた。だが、今や魂を奪われ、ゲシュタポ直属の秘密部隊に徴用されたこの美術館でどんな仕事ができるだろうか？　ジョジャールは、この贅沢な保管場所を敵に渡して、彼らの仕事の便宜を図ることがどうしてできるのだろう？

ジャック・ジョジャールはそんな彼女の疑念を一掃してくれた。没収品を国立美術館総局に属する唯一の場所に保管するようにナチスに提案したのは、奪われた作品に目を光らせ、それらがドイツに輸送されるのを妨げることができるかもしれない唯一のチャンスなのだ。ドイツに送られてしまえば、作品を本当に失ってしまうだろう。

ジョジャールはローズの写真のように正確な記憶力と、ルーヴル美術館のコレクションを避難させたときの冷静さをよく知っていた。そこで彼は、ローズにまた別の使命を託したのだ。ローズは是が非でも占拠されたジュ・ド・ポーム美術館での自分の立場を守り抜かなければならない。そこで何が画策されているかを観察し、ドイツ人のやり方を理解しようと努める。さらには、観察したことをこっそりジョジャールに報告する。

予測できない敵と対峙するのは大きなリスクを伴う。しかし彼女は躊躇することなく、新しい仕事を喜んで引き受けた。

没収され、選別され、隔離される

占拠された最初の秋の間、ローズは自分の居場所を見つけるのに苦労した。今朝も、いつものように、ジュ・ド・ポーム美術館の玄関に着くなり、二人の兵士に挟まれた。そのなかの一人にベーア男爵のサイン入り通行許可証を見せた。すると兵士はそれには目もくれず、毎日同じことが繰り返されているにもかかわらず、見たことのある顔だという素振りさえせずに、彼女をなかに通した。通行許可証がなければ、いつまでも外に留まっていたことだろう。

ジュ・ド・ポーム美術館の立地条件は理想的だった。ドイツ国防軍司令部に徴用された建物に近いサントラル通りは、チュイルリー庭園の鉄柵の後ろにあり、ルーヴル美術館よりずっと目立たない。略奪活動は極秘裏に行われなければならなかったし、実際、戦争終結まで極秘にされていた。ジョジャールの判断は正しかった。ジュ・ド・ポーム美術館は没収作品を預け、保管し、その目録を作成するのに絶好の場所だった。

ローズが美術館に着くと同時に、数台のトラックが到着した。軍人や（ＥＲＲの）職員たちが、運ばれてきた幾つもの大きな木箱を騒々しくトラックから降ろし、館内に運び始めた。ローズはそのあとに付いて行く。以前の美術品の引き渡しを思い出して胸が締めつけられる思いだった。そう、アルゼンチンのアーティスト、ホセ・フィオラヴァンティの巨大な彫刻の引き渡しのときのこと。彫刻のそばに立って写真を撮ってもらい、白い大理石の官能的な巨人たちと痩せ細って小柄な自分の姿とのコントラストを面白がったものだった。戦争が始まる直前には、ローズは北アメリカ美術の大回顧展に関わった。未知の世界の美しさに心が揺さぶられる傑作の数々が揃っていた。ERRの職員たちには、そんなものは危険な精神が誇張された妄想にしか見えないだろう。

ローズは当初、ERRと共同で仕事をしなければならないのだろうと思っていた。ジョジャールは、この美術館の展示室にものすごい勢いで積み上げられていく絵画作品の目録作成にローズも参加することを要求し、それは受け入れられていたからだ。ところが、彼女がノートに記録し始めるとすぐ、ブンイェス博士が乱暴に彼女のノートを閉じてしまった。そしてドイツ人だけできちんとやれるからと主張した。基本的な取り決めは口頭によるものだけだった。ERRの責任者は国立美術館総局に自分たちの没収品の管理を任せる気はこれっぽっちもなかったのだ。

こうしてローズは備品管理の仕事に回された。つまり、暖房や電気がきちんと機能しているかを点検する仕事だ。電話室の小さなデスクが与えられたが、そこで会話に加わることはなかったし、彼女に問いかける者も誰もいなかった。ローズはずっと以前、作品を壁に掛けるのを手伝ったアーティストたちと接するうちに自然とドイツ語を学んだが、本能的にそのことを知られないようにしていた。

だが、一週間、二週間と日が経てば、ERRの役人はパリの最も由緒ある家庭の文化財を荷ほどきする際に、ローズの知識が必要になるだろう。ドイツ国が最も渇望しているコレクションにはYの字が記されている。ロチルド家の財宝だ。

それは、十九世紀にジェームス・マイエール・ド・ロチルドがパリにやって来てから築き上げ、エドゥアール男爵、モーリス男爵、ロベール男爵まで、父から子へと延々と受け継がれていった格調高い財宝だ。フランドル、オランダ、フランスの最も偉大な巨匠たちの作品が、彼らを深く愛してやまなかった見識豊かなメセナたちに収集されてきた。なかでもエドゥアール男爵のコレクションは最も豪華で、ヴェラスケス、ルーベンス、ゴヤ、ティツィアーノ、ヴァン・ダイクの絵画が含まれている。そのなかの至宝の一つ、フェルメールの《天文学者》は、不幸なことに、ヒトラーのお気に入りの絵画でもあった。

戦争が始まると、ロチルド家はコレクションを田舎の要塞に囲まれた城に発送していた。また一部は国立美術館総局に寄贈の形で預けた。ジャック・ジョジャールは寄贈日を宣戦布告前とするために書類を偽造することを厭わなかった。ところが、ほどなく、ヒトラーの発した新たな命令でこれらの譲渡は無効になってしまった。ロチルド家は、ヨーロッパを去ってアメリカに向かう前に美術品を爆撃から守ろうと考えていた。ERRの捜査隊長らによって疎開先を特定され、略奪されるとは思ってもみなかった。

一九四一年から一九四二年の秋から冬に掛けて、ヨーロッパの最も素晴らしいコレクションの一つ、ロチルド家のコレクションの大半の作品がジュ・ド・ポーム美術館に到着した。ERRが作成した目録に記載された家具を含めた財宝は五〇〇九点にも上った。セリグマン兄弟、ヴェイル＝ピカール家、アルフォンス・カーン、ジョルジュ・ウィルデンシュタインなどのコレクションも続々と到着した。当時最大の美術商の一人でピカソの友人のポール・ローザンベールのコレクションも含まれていた。ラ・ボエシ通り二十一番地にある彼の画廊は戦間期にフランスのモダンアート市場の中心だった。ベルネム・ジョーヌ画廊のコレクションも略奪され、その建物はヴィシー政府によって売りに出された。

ローズは、こうしたおぞましい荷物が次々と到着し、大きな板絵や有名画家のこの上もなく美しいキャンバス画を運送業者がせわしなく扱う様子を見て驚愕した。美術品が兵士たちの乱暴な手で運ばれるなど信じがたく、異様な光景に我慢ならなかった。ナチズムのような死をもたらすイデオロギーに固執しながら、ルーベンスの小天使を本当に愛することなどできるのだろうか？

ナチスがこうした富豪から盗んだものは、人類が生み出した最も洗練されたもの、そして、芸術を愛する者たちが何年も掛けて辛抱強く手に入れてきたものだけではなかった。彼らはユダヤ人からそのステータス、職業、一人の人間として生きる権利を奪った挙句に、彼らの個人的な歴史までも奪ったのだ。なぜなら、これらの静物画、大理石のニンフたち、チェロや磁器は市場に出ている品よりはるかに価値があるものなのだから。家族の誕生日、友人たちとの晩餐、共に歌った子守唄、感謝、休息、平和なひとときの思い出なのだ。

だが、ユダヤ人を人間とは見ていないナチスにとって、私生活などどうでもよかった。こうした私生活、心や感性のシンボルの消滅は、大量殺戮に至る前の最後から二番目のステップだった。

国家元帥の独占

ローズが予感した通り、ゲーリングはジュ・ド・ポーム美術館を二回訪れただけでは満足しなかった。大食漢は自分のために用意された展示会の思い出に未練たらたらだった。そこでは、自分が体現していると思い込んでいる見識の高い戦士の王のように迎え入れられ、気に入ったものをなんでも掴み取ることができたのだ。

常識外れのドイツ国ナンバーツーは絶好調だった。百二十七キロの巨体を包むパールグレーの軍服を飾る数々の勲章のけばけばしさは、航空大臣、空軍総司令官、ドイツ帝国狩猟長官、ドイツ帝国森林長官、歩兵大将など数々の称号に引けを取らない。ポケットにはダイヤモンドが詰め込まれ、それを玉のように弄ぶのが好きだ。さまざまな役職を兼ねていたが、いくつもある自分の豪華な邸宅をこちらからあちらへと駆けずり回り、それらを財宝で埋め尽くすことに忙しすぎて、どの役職も十分には果たせないでいた。ゲーリングは芝居を演じるのを好み、誇大妄想と自己否認を絶妙なバランスで使い分けて側近たちにその才能を認めさせることに成功さえしていた。その陽気な振る舞いと豪快な笑い声はドイツ国のほかの高官らの陰鬱な表情と対照的で、彼らから根強い憎悪を抱かれる一方で、ドイツ国民には一定の人気があった。

ゲーリングはドイツ国内の自分の数ある邸宅と征服した都市、パリ、ブリュッセル、アムステルダムを専用列車で行き来していた。前線には？　決して行かない。白っぽい彼の軍服は血で汚れることはないようだ。若い頃には第一次大戦の英雄でアクロバット飛行士だったゲーリングは、第二次大戦の戦場を慎重に避けていた。そんなことより、兵士たちの前で宝石がはめ込まれた象牙の杖を振りかざすこと、そして、気晴らしにその地位を利用するほうが気に入っていた。

ローズの予感はジュ・ド・ポーム美術館にゲーリングが来訪した直後に発した彼の命令で現実のものとなった。ゲーリングはジュ・ド・ポーム美術館では、ERRの「保護官」を自任していた。つまり、ジュ・ド・ポーム美術館に保管された美術品の責任者だ。それは、ベルリンのオフィスで書類に向かってばかりいる彼の部下、毛嫌いされているアルフレート・ローゼンベルクにとっては仕方のないことだった。あの操り人形のフォン・ベーアはどうかと言えば、彼は本当の軍人ですらなく、彼の価値観では、そんなことはどうでもよかった。

ゲーリングの命令は、必要な場合に、ERRの役割をはっきりさせるというメリットがあった。「ユダヤ人のものだった美術品を確実に保護すること」とゲーリングはいつものように図々しく書いている。ルーヴル美術館および、広義にはジュ・ド・ポーム美術館に預けられている財宝は「以下のように分類すること：

一　あとで割り当てる際に、総統が所有する権利を持つことになる美術品

二　国家元帥のコレクションを充実させるために用いることができる美術品
三　全国指導者ローゼンベルクの総合計画に従って、各大学で使用できると思われる美術品または図書コレクション……」

残りの美術品は、重要性の高い順にドイツの美術館に分配し、二流品は、臆面もなく、「フランスの戦争孤児や未亡人のために」売却されるが、いくらにもならないだろう。偉大な王者、ゲーリングは空軍の輸送機、トラック、人員、そして自分の専用列車をERRが自由に使用できるように手配すると付け加えた。

ヒトラーは、没収した作品はすべて直ちにドイツのハンス・ポッセに送るように命じた。おそらく、秘蔵っ子の自分と同じ妄想による美術品の占有欲を警戒したのだろう。ゲーリングは急いで二人を宥めすかし、安心させて、これらの管理を引き続き独占することに成功した。ヒトラーは何も気づいていなかった。自分の右腕の権限は正式な職務に関係のない行政に関することでさえ、絶大で、異議を挟みえないということに。ベルリンにいるアルフレート・ローゼンベルクは遠くから激怒するしかなかった。ゲーリングはそれ以来、ジュ・ド・ポーム美術館に一時的に保管されているこの上なく貴重な没収品を勝手気ままに奪うことができるようになった。

その作業を補佐するために、ゲーリングは悪徳美術商に頼ることができた。ヴァルター・アンドレアス・ホーファーは、ゲーリングの個人的なアドバイザー役をはじめ、カリンハルのコレクションの維持・管理と充実に心を砕いていた。ホーファーは占領地での美術品捜索隊長になり、自分の「取引市場」にゲーリングを連れて行き、疑わしい場合には助言をしていた。大学教授のような風采のこの男は、財宝を譲ってくれるよう収集家を説得しなければならないとき、威嚇的な親衛隊に比べれば、彼らにずっと信頼を抱かせていた。しかし、ホーファーの鑑定に必ずしも隙がないわけではなかった。たとえば、一九四一年二月、彼はゲーリングのために、アレクサンドリーヌ・ド・ロチルドのコレクションに由来するヴェラスケス作のハプスブルク家の王女マルガリータ・テレサの肖像画を手に入れたが、後に贋作であることが判明した。

ドイツ人のために仕事をしていたパリの専門家、ジャック・ベルトランは客が欲しがっている絵画の商業価値の見積もりを引き受けていた。その評価額はばかばかしいほど低く、すでにライヒスマルクの交換レートで優遇されていたドイツ人に有利になっていた。それはさておき、ゲーリングは非常に金持ちなのに、「買った」ものの支払いをすることは決してない。ERRとの合意書には、ゲーリングは取得物の代金をフランス政府名義の凍結口座に預けると規定されているが、いつも私服で一般来館者としてジュ・ド・ポーム美術館に二十一回もやって来ては持ち帰った一〇〇〇点ほどの作品に一ペニヒだって払いはしなかった。

のちに、思いもよらない共犯者がこうしたお金に関する卑俗な問題を本当に棚上げしてしまうことになる。慇懃無礼で卑怯で恐ろしい伊達男がジュ・ド・ポーム美術館に突如、やって来たのだ。ゲーリングにとって幸いなことに、そしてローズにとって不幸なことに、日常はその男の悪意に満ちた監視下で益々悪くなっていった。その名はブルーノ・ローゼ。

すべてを見て、記録し、伝達する

ローズがブルーノ・ローゼを初めて見たとき、すでに希薄だった空気がジュ・ド・ポーム美術館から消え去ったように感じた。ある日、黒髪に怪しい目つきのひょろ長い不愛想な男がオフィスにいるのを見てローズは驚いた。自分の魅力に自信があるのだろう、その薄っぺらな二枚目はつやつやした肌の秘書たちとじゃれ合っていた。戸口にローズが立っているのに気が付いたローゼは、彼女の方に振り向くと、動物的な笑顔を不機嫌な作り笑いに変えた。

この年増女のなんと恩知らずなこと。なぜ、この美術館に残ることを許されているのか考えてみるがいい。この女は、シャンパンに酔い痴れ、禁断の木の実に興奮した勢いで、シャンゼリゼの独身寮に連れて行かれるままになる美しいパリジェンヌとはまったく違う。二人は、猜疑心と軽蔑の入り混じった冷たい視線を交わした。

ベルリンのしがない歴史家で美術商だったローゼは、ナチ党に入党して生活のスケールが変わった。親衛隊員になったローゼは粗暴な欲動のような野心を満たすことができた。人に数発見舞うことは嫌いでないが、自分は一発も浴びたくなかったため、戦場には近づかなかった。ＥＲＲパリ支部への配置転換は嬉しい勝利、卑劣なふるまいの最善の盾だった。ローゼは親衛隊の制服を脱ぎ捨ててエレガントなダブルのスーツに着替えて以来、贅沢な生活をするようになった。

まず、アルフォンス・カーンから没収したコレクションのカタログを作成することを任されたローゼは、芸術の知識、堪能なフランス語、そして道徳心の完全な欠如のおかげでERRの重要人物になることができた。タッグを組んで仕事をした美術史家のギュンター・スキードラウスキーや上司と見なされているフォン・ベーアは、ローゼの傲慢さや狡いやり方にいつまでも太刀打ちできなかった。あとは、ジュ・ド・ポーム美術館の最も力のある訪問者を手なずければいいだけだ。

一九四一年二月五日、ゲーリングが美術館に再度やって来た。最初の訪問時と同じように、来訪をぎりぎりになって知らせたため、パニックの嵐を巻き起こし、大急ぎの展示作業が繰り広げられた。国家元帥は甘い笑顔でお世辞を並べるブルーノ・ローゼに出迎えられた。ローゼはゲーリングが喜びそうな作品しか選ばないように心掛けていた。その日、ローゼのペットたちはゲーリングだけに笑顔を振りまいていた。

冗談を言い合い、聖母の肌のなめらかさ、髭の軽やかさ、パールの輝きを大きな感嘆の声をあげて称賛しながら並んで歩く二人の悪党は、すぐにある種の共犯意識で結ばれた。十七世紀のフランドル派とオランダ派が専門のローゼは、満足感で頬を上気させている国家元帥の確かな美的センスを絶妙なタイミングで褒めちぎりながら、美術の知識に明るいこの愛好家を感動させた。

折しも、ドイツ軍がソ連に侵攻しようとしていた春の間に、ゲーリングはジュ・ド・ポーム美術館にしばしば現れた。ここに来れば必ず、ローゼが、フォン・ベーアのわざとらしい堅苦しさとは対照的な柔らかい態度で迎えてくれ、彼の選んだ素晴らしい作品の数々に出会えるのだ。ゲーリングは自分と同じように陽気で、可愛い女の子と美味しいものが好きな若々しい二十九歳の男性のほうが、洗練された芸術部門に分不相応な天下りをした権力者よりも気に入っていた。

ローズは、ERRが没収してきた美術品に対するゲーリングの貪欲さを恐れていた。しかし今では、ローゼがその特権的な地位のおかげでさらに出世し、略奪の現場で彼自身が略奪するのではないかと心配になった。ローゼは信条的にも行動の上でも親衛隊員のままだった。ときにはアパルトマンの家宅捜査に自ら参加して、さまざまな家庭の文化財を乱暴に没収していた。素手でユダヤ人を殺したと自慢もしていた。フランスがナチスに占領された最初の冬に、美術品の巨大な選別センターと化したジュ・ド・ポームの心臓に穴を開けたのはこの男だ。

一九四一年初頭、ローズは、ユダヤ人が所蔵していたほとんどの大規模なコレクションが没収され、ジュ・ド・ポーム美術館に保管され、目録が作成され、その後、ドイツに送られたことを悟った。数十本もの輸送列車が数千個もの木箱を積んだ数百両の貨車を運んで、国境を越えていった。ゲーリングは自分のエロティックな美的欲望を具象化している二点のヴィーナスの絵画を運ばせた。一つはブーシェ作で、もう一つは彼の好きなクラナハの作品だ。そのあとも彼はクラナハの絵画を五二点取得している。ロチルド家のコレクションのうち四二箱は、ミュンヘンのヒトラーの総司令部である総統官邸行きの特別列車で運ばれた。レンブラント、フランス・ハルス、ゴヤは暖房の効いたコンパートメントで旅をした。一方、こうした作品の所有者たちはヴィシー政権の法律によって国籍も財産も奪われてアメリカ合衆国に逃亡した。

略奪は迅速に、あまりに素早く行われた。ゲーリングは最も美しい没収品がヒトラーの邸宅に届かないうちに、大急ぎでそれらを横取りしなければならなかった。総統がフェルメールの《天文学者》をミュンヘンのオフィスに飾っていることがわかれば十分だった。相変わらず、何台ものトラックが、そのなかにはパリ警視庁のトラックもあったが、毎日、美術館に押し寄せ、イニシャルが目立たないようにタイプ打ちされた荷物を下ろしていった。荷物があまりに頻繁に大量に届くため、ＥＲＲの職員たちは愚痴をこぼしはじめたほどだ。何としても効率と迅速さを発揮しようと張り切っている部署では、何度も言い争いが起こっていた。

ドイツ人の専門家たちはナチス政権の没収品の目録をきわめて科学的な厳正さで作成することに専念していた。彼らは資料カードに作品所有者の住所氏名、作品のタイトルと作家の名前、送り先など詳細な情報を記していった。資料カードに作品の写真を添えるために小さな写真スタジオが設置された。ヒトラーのために特別に工夫されたアルバムや彼の誕生日に渡す個人用カタログを作成している者もいた。

ローズはこの細かい作業を離れたところから観察していた。そして自分も資料カードに記入し始めた。片手に厚紙を持ち、そこに、細かいが解読できる字で情報の断片をびっしり記入していった。三月十五日、彼女は数行のメモを書いた。「指輪三個、消失」。「土曜日夜、絵画が夜の間に梱包されて発送される」。「夜間警備員のバッソン、親衛隊の運転手が指輪をはめてみていたのを目撃。土曜、十四時、カメラマン助手がいるところで、一人の秘書が別の指輪をはめてみていた」

これはほんのわずかだ。いや、これですでに大きな情報だった。ゲシュタポと共同管理する秘密部署のなかで孤立していたローズは、ジョジャールから託された任務を果たしたいと思っていた。活動手段を奪われた彼女にとって、毎日、美術館に来て、警戒心を研ぎ澄ますことだけが敵と闘う唯一の方法だった。まず、作品のタイトル、ラベル、荷渡し指図書、公式通信文書、廊下での会話など、記憶できることはすべて記憶することから始めた。彼女の鍛えられた目は何も見逃さなかったし、耳は何も聴き逃さなかった。ドイツ語の美術用語よりもロジスティック用語を新たに覚え、ドイツ語の理解力を高めていった。

彼女は美術館でたった一人のフランス人ではなかった。数人の従業員や警備員、梱包係、パリの荷物取り扱い人たちが没収品の輸送を手伝っていた。ローズは彼らと仲良くなり、おしゃべりをしながら、何気ないふりをして、箱がどこから運ばれてきて、どこに運ばれて行くかなど補足的な情報を聞き出した。

展示室に誰もいなければ、確認できた作品のタイトル、箱の上に書かれている解読できた名前や、住所もあればそれも、そしてとくに輸送先を大急ぎでルーズリーフに書きなぐった。書いておけば、情報が失われるリスクは少ないが、そのメモを失くしてしまうかもしれない。だが彼女はそんなことは考えなかった。このメモは、あとになって、これらの財宝を取り戻すときが来れば多分、役に立つだろうと考えていた。ドイツ軍による征服を阻止できるとはとても思えないようなときに、フランスはいつの日か立ち直り、これらの作品は所有者に返却されるに違いないと、心の底で信じていた。

自宅に戻ると、自分が観察したことをまとめ、ときにはそれをルーヴル美術館のヘッダー付きの紙に書き付けた。毎週、水曜日か木曜日にルーヴル美術館まで自転車を走らせ、報告書をジャック・ジョジャールか彼の秘書で親しい協力者のジャクリーヌ・ブショー＝ソピックに渡した。ジョジャールは彼女のメモを安全に保管し、そのなかのいくつかの情報は自らが所属するレジスタンス網、ＮＡＰ（公共行政機関潜入）に伝えた。ローズは義務を終えると、リビングで、音量を下げた受信機に耳を近づけてＢＢＣ放送を聞いた。

ジョジャールはというと、毎日、ドイツの行政官の嘘や裏切りと闘っていた。ユダヤ人収集家たちから国立美術館総局に委託され、ルーヴル美術館の保護下にあると思われていた財宝はシャンボール城から没収されていた。財宝捜索隊員たちは自由地区にまで足を伸ばし、ペイ・ド・ラ・ロワール地方のスルシュ城やブリサック城に隠されていたユダヤ人でないそのほかの個人資産までも、妨害されることなく奪っていったのだ。

ジョジャールはこのような不当な没収を終わらせようと努めた。ナチスの官僚たちの反発を引き起こさないよう、まず、没収されたコレクションを管理する委員会を設置することを、委員のリストと共に外務省に提案した。その試みは徒労に終わった。それでも挫けることなく、ジョジャールは法律を引き合いに出して、ドイツ人は議論の余地のない命令を好き勝手に解釈したり、自分たちに都合いいように変更していると抗議の手紙を何通も送ったりした。ときには役所が重い腰をなかなか上げないまま、訴えがうやむやになることもあった。ERRは、ドイツにずっと前に発送された、あるコレクションについての国立美術館総局の正当な主張に対する返答に数カ月もかかった。ジョジャールの法的手段は占領者の悪意に対しては無害で、ヴィシー政府の成り行き任せの協力姿勢を変えるには無力だった。その政府はジョジャールの雇い主なのだ。誠実な館長と腐りきった上司との間では諍いが増すばかりだった。ジョジャールは危うくポストを失うところだったが、学芸員全員が彼と共に辞職すると脅したために、ギリギリのところで命拾いした。

何も改ざんされないように、ERRがユダヤ人以外の個人コレクションを取り除く作業をフランス人のボランティアが手伝い始めた。その作業は秘密裏に進められるはずだった。しかし、その甲斐もなく噂はそこらじゅうに広まり、まもなくジュ・ド・ポーム美術館には対独協力主義者の美術商が何人も押し寄せてきた。そのなかにジャン＝フランソワ・ルフランがいた。彼らは手数料と引き換えに密告をし、ナチスにとって、そしてとりわけ、裏切り者との取引に長けているローゼにとって美味しい取引をしていた。ジュ・ド・ポーム美術館のオオカミはほどなく、パリの美術市場での強固なネットワークを構築した。

パリの美術市場は好況だった。ナチスに占領されたばかりの頃は、しばらく取引が停止されていたが、取引が再開されると、かつてないほどの活況を呈した。競売会社ドゥルオには、ギリギリのところで逃亡した人々が残していった美術品が溢れ、取引量が四倍に膨れ上がった。この混乱した時期に、美術品は信頼できる唯一の投資のように思われたのだ。そこで、人々は買った。買いまくった。美術のスペシャリストのほとんどはユダヤ人だったが、彼らは無理やり仕事を奪われ、さらには国を見捨てざるを得なかった。そして、ドイツ人がこの分野の絶対的な支配者となったのだ。この思いがけない授かり物に引き寄せられたのはヒトラーとゲーリングだけではなかった。ドイツ国の美術商たち、ナチ党員、役人たち、そして美術愛好家たちがこぞってフランスに仕入れにやってきた。ライヒスマルクのフランに対する為替レートが過大評価されていただけに、占領者は強大な購買力を享受した。そんな安い値段を聞かされて、これらの作品は誰のものだったのだろうと考える人がいるだろうか？

ヒルデブラント・グルリットをはじめとするドイツの美術館のバイヤーたちはナチの美的感覚に合った作品を購入した。とりわけ十八世紀のフランス絵画はその軽妙さや古典的な描写が彼らを惹き付けた。退廃絵画はもはやドイツの土を汚してはならないことになっていた。しかし、個人バイヤーはこのイデオロギー上の禁止に従わず、「浄化された」ドイツ国に後期印象派やナビ派の作品をひそかに持ち込むドイツ人もいた。

こうした新しい顧客に販路を広げることができたことに気をよくするあまり、フランスの美術商は敵との取引を成立させることにほとんど躊躇しなかった。このような協力者は征服者と被征服者が共存していることにも、国から定期的にさまざまなものを奪っている占領者が優位に立っていることにもすっかり慣れてしまっていた。美術商たちは大きな利益を上げたおかげで、闇市で必需品を手に入れることができ、食料品屋や靴屋のように腹を空かせ、寒さに震えることはなかった。すでに分断していた国民は新しいカテゴリーに分かれていた。絵画で苦悩を宥め、心の傷を癒やし、精神を養う者たち、そしてそうでない人たちだ。

一九四一年七月、ジョジャールはローズを正規の給料を受け取るジュ・ド・ポーム美術館の学芸員アシスタントに任命したため、彼女はやっと安定した地位を得ることができた。新たに建物の管理を担当するフランス人の職員が配属された。ローズはついに美術館の正式な責任者になったのだ。その同じ夏、ゲーリングは「ユダヤ人の問題に最終的な解決策を講じるために必要なあらゆる準備をするように」という命令を下した。命令書に署名すると、ゲーリングは買い物をするためにパリに戻った。

カーテンの後ろに隠されたもの

奇跡は必ずしも平和な時代が来るのを待ってはいない。ローズの生活がジュ・ド・ポーム美術館を中心に回っている頃、コンコルド広場を挟んでジュ・ド・ポーム美術館の反対側にあるアメリカ大使館で秘書兼通訳をしている一人の若い女性と親しくなった。率直で温かい雰囲気のジョイス・ヘールは、家族が次々と住む国を変えてきたこと、自分がどうやってこの地まで連れてこられたのか、自分の話し方が一風変わっているのはなぜなのかを語ってくれた。

父親はライプツィヒ出身のドイツ人で、綿の卸商をしていたが、工場を持つためにリヴァプールに渡った。そこで彼女の母親と出会い、一九一七年にジョイスが生まれ、すぐに弟のロバートが生まれた。その後、ヘール家はベルリンに身を落ち着けた。そのためドイツ語がジョイスの母国語になった。経済危機のために窮地に陥った父親は新天地を求めてパリに向かった。七歳になっていたジョイスはフランス人になって主要言語をフランス語にしようと決心した。完璧でないにしても英語がわかることは大使館での仕事を得るのにかなり好都合で、ほかのパリジェンヌたちのように無情なリストラに遭わずに済んできた。家族は、戦争が勃発する直前に最終的にドイツに戻ったが、仲良しの弟はときどき彼女に会いにパリに来る。両親は？　いや、両親にはめったに会わない。「母さんはもう、私に言葉をかけないの」と彼女は呟いた。

彼女の話に耳を傾けていたカフェで、しばし沈黙が流れたとき、二人はじっと見つめ合い、しばらく視線を落とさなかった。数カ月後、ジョイスはナヴァール通りのローズのアパルトマンに身を寄せ、生涯、そこを離れなかった。

ジョイスはすべてがローズと対照的だった。ブロンドの髪、明るく、社交的。自信に満ちた都会人で、レストランで食事をし、芝居やオペラを観に行くのが大好きだ。なんでもないことによく笑い、ちょっとした言葉で共感を引き寄せる。チャーミングな彼女は花柄のドレスを身につけ、踵の高いサンダルを履いてさっそうと歩く。三つ編みのように髪をまとめて、ブルーの瞳をきょろきょろさせているとき、ドイツ人の素性が現れた。彼女の生きる喜びは、ドイツ人がSehnsucht《ゼーンズフト》（憧れ）と呼ぶある種のメランコリーに変わるようだった。その憧れが手の届かない理想にまで広がるのだ。

それ以来、ローズにとって戦争はそれほど重苦しいものでなくなった。二人でいれば、絶対に秘密の間柄であっても、恐怖や疑念をもはや一人で抱える必要はないのだ。二人でいるということは、フランスの敗北以来、忘れていた心の支えを得て、命令、脅し、陰謀が渦巻くなかで我慢し、抵抗し続けなければと改めて感じることだった。

一年の間に、ジュ・ド・ポーム美術館はゲシュタポあるいは空軍の将校が警備する騒々しい選別センターになり、一時的にやって来た軍人や白い作業着姿の従業員でごった返した。彼らは互いを気にしていた。良い関係ができたかと思えば、仲違いするということが繰り返され、その場の雰囲気が悪くなった。

ローズは敗戦前の平穏な展示室、穏やかな仕事を懐かしみながら、ドイツ語で発せられる何番目かの怒鳴り声を遠くで聞いたとき、上階の奥にある展示室にカーテンが降ろされているのに気が付いた。後ろを振り返りながらなかに入ってみて仰天した。そこには、恥ずべき秘密として遠ざけられていた、以前の彼女の世界が広がっていたのだ。

床から天井まで壁一面に掛けられたり、ショーケースの上に置かれたりした数百点に上る近代絵画がその展示室を埋め尽くしていた。マリー・ローランサンの爽やかな肖像画、ピカソの裸体画、カンバスからはみ出しそうなセザンヌやブラック、レジェの水浴する女性たち、コローやピサロの風景画などなど。また、ドラン、ヴァロットン、マティス、シャガールの作品も……。ローズは理解した。これらの作品は、ナチスが「危険」だと判断して隠しているのだ。

ドガの無垢なダンサーたちでさえ批判の対象になった。いわゆる「優れている」アーリア人の精神は敏感であるから、ルノワールの女性たちのバラ色の肌は彼らの精神を堕落させる恐れがあると……。自分には世界を統治する武将の血が流れていると信じ込んでいる自信満々の将校らは、ヴラマンクの荒々しく艶のある色彩に呆然としていた。ココシュカの描く苦悩で歪んだ顔に彼らは仰天する一方で、自分たちの犠牲者にそのような表情を見て喜び、ヒステリックにがなり立てる演説をするヒトラーのいきり立った顔を称賛していた。

ローズはその部屋を「殉教者の部屋」と名づけた。何度かこっそりとその場所にやって来ては、一人きりで禁じられた美しさを見つめ、力を取り戻し、壊れやすい希望を育んだ。一九四一年九月十六日、ジョジャールへの報告書にローズはこう書いている。「今、この美術館には抽象的な、あるいはアンデパンダンな作品（ピカソ、マティス、レジェ、クレーなど）が展示されている部屋があります。それらの作品は第三帝国が非難する芸術スタイルに属するものです。今のうちに、これらの確保を試みることはできないでしょうか？」

それは世間知らずな望みであることがすぐわかった。確かにこれらの作品は焼却処分の対象ではなかったが、それにはちゃんとした理由があったのだ。ブルーノ・ローゼはこれらの作品を交換通貨として利用するつもりだった。金持ちなのにけちなゲーリングが日々の収穫物を手にするときに、何の支払いもしなくて済むシステムを作ったのだ。

アルフォンス・カーンのコレクションの主要作品は一九四〇年十月にサン＝ジェルマン＝アン＝レイの彼の私邸から没収されていたが、それらは素晴らしい交換通貨になった。ＥＲＲの目録によると、アヴァンギャルドで多彩なそのコレクションには千点以上の非常に価値の高い近代絵画が含まれていた。その戦利品は、数点ずつに分けて、販売したり、ドイツ国公認の美的センスに合った絵画と交換したりすることができるだろう。けちな国家元帥はこの狡猾な手口に有頂天になった。ローゼが提示した、美術商、ポール・ローザンベールのものだった四点のマティスと交換して得たブリューゲルの小品を手にした写真がそのことをよく物語っている。

ある美術商はとくに大喜びした。グスタフ・ロホリッツは一九三六年からパリのリヴォリ通りに画廊を構えるドイツ人の美術商だ。彼はティツィアーノの作とされる《髭を生やした男》の肖像画を所有しており、ローゼはゲーリングのためにその作品をマークしていた。ロホリッツが言い値で交渉を始めると、ローゼは「殉教者の部屋」のことを思い出し、ロホリッツにジュ・ド・ポーム美術館に来て、交換したい作品を選ぶよう提案した。ロホリッツは、ティツィアーノの肖像画とヤン・ウェーニクスの静物画を、セザンヌ、コロー、ルノワール、ブラック、ピカソ、マティスなど一一点の絵画と交換し、いい取引をしたと満足した。

これらの近代作品が没収品であることを知ったロホリッツが彫刻作品も数点持っているのだが、と話を向ければ、ローゼは、これらの作品は休戦の一環で、つまり合法的に手に入れたものだと理屈を並べ立てて、言いくるめたに違いない。美術商は彼らの敵だと思われるのを避けるために、同意したのだろう。ローゼは、国家元帥が特別に気に入っている十六世紀から十七世紀にかけてのフランドル派の巨匠による《東方の三博士の礼拝》と交換するために、新たにアルフォンス・カーンやポール・ローザンベール、アンドレ・ベルンハイムが所有していた近代絵画数点をロホリッツに提供した。こうしてロホリッツはＥＲＲとの十数回の交換取引で自分の画廊の三五点の代価として八二点の没収作品を受け取って利益を得たようだが、三五点すべてを合わせてもたった一点の近代絵画に匹敵する価格にはならなかった。秘密取引の成果は外国、とりわけスイスで転売されるようになり、そのことが、戦後、没収作品の捜索を複雑にすることになった。だが少なくとも、それらの作品は破壊されることは免れただろう……。

こうした交換取引の一つがゲーリングを有頂天にさせた。ついにフェルメールを手に入れたのだ！《キリストと姦通の女》の存在を知っている者はほとんど誰もいなかった。フェルメール作品の存在を知らせないように用心していたヒトラーでさえも。それは、上品で穏やかな輝き、柔らかな色彩、顔から発散される光に包まれた絵画だった。黄金の世紀の神髄だ。作品が少ないことがフェルメールをいっそう神秘的な画家にしていた。フェルメールの作であると認定された作品は世界じゅうに三五点しかなく、その《キリストと姦通女》はまるで天から降って来たかのように、発見されたばかりだった。いかがわしい商売に手を染めていることでよく知られている銀行家のアロイス・ミードルはこの作品に対して約二百万フローリンを請求した。ゲーリングの手下、ローゼはオランダで略奪された一五〇点の絵画と交換しようと説き伏せた。こうして、《キリストと姦通女》はゲーリングのコレクションの目玉となった。ゲーリングは喜びのあまり、疑いもしなかった。彼のフェルメールが贋作にすぎないことを。彼はそのことを戦後に知ることになる。

こうした交換取引や価格交渉、パリの美術商が提示する非常に低い見積価格、それによって得る巨額の利益は国家元帥を大いに喜ばせた。ドイツが戦闘の流れを変え、帝国を崩壊させる危険を顧みずにソヴィエト連邦に侵攻したばかりで、空軍の指揮を取ることに次第に苦労するようになってきたゲーリングの一日は、自分のアドバイザーであるホーファーと面会することから始まるようになっていた。芸術とお金が戦闘戦略より優先されるようになったのだ。ゲーリングは自ら販売の段取りをし、オランダ人の仲介人にロチルド家とローザンベールのコレクションだった四点のファン・ゴッホ、一点のセザンヌを七十五万ライヒスマルクで売りたいという気持ちを抑えきれなかった。そのお金はすぐに自分のための別の美術品購入に使うのだろう。

《殉教者の部屋》が人の目に触れないままにされていた一方で、一九四一年十一月にジュ・ド・ポーム美術館で新しいモダンアート展が開かれた。この「前線美術展」では、略奪された作品のドイツへの輸送を丁寧かつ手際よく手伝ってくれた感謝の気持ちとして、空軍のアマチュア・アーティストの作品が展示された。ゲーリングは展示された絵画や彫刻を称賛するのを忘れなかったが、それらを手に入れたいという素振りはまったく示さず、ERRが新たに持ち込んだ作品のほうに興味を示した。その片隅で、ローズはメモを取った。「ゲーリングは明日（十二月四日夕方）、エドゥアール・ド・ロチルド邸から没収した数点の彫像（一点を除く）と五〇点ほどの絵画（多くはローザンベールのコレクションにあった印象派の絵画）を専用列車で運び去る予定」

ローズは大急ぎで消えた絵画を書き留めた。ルノワール三点、モネ五点、クールベ三点、アングル二点、コロー三点などなど、ほかにも、トゥールーズ＝ロートレック、スーラ、ドーミエ、ピサロ、ファン・ゴッホが各一点ずつ、いずれもドイツ国が嫌悪している作品ばかりだ。ローズは、ゲーリングがそれらを自分自身のために取っておくつもりであることを知って驚いた。国民社会主義の高官はモダンアートにまったく無関心ではなかったのだ。噂によると、彼の寝室には二本のひまわりが描かれたゴッホが飾られているということだ。妻のエミーはルノワールとモネを愛し、カリンハルの壁には体制の法律に反して、それらの絵が飾られていた。

イデオロギーのいかなる逸脱も容認しない全体主義体制の頂点で、高官たちは矛盾を抱えることを免れ得なかった。ゲッベルスは、ナチの共鳴者でもあるエミール・ノルデのような特定の表現主義者を支持していた。ヒトラーさえも、最終的には印象主義を評価していることを認めている。

意外なスパイ

ジュ・ド・ポーム美術館では、並外れた忙しさのなかで一九四一年が終わった。ナチスの勢力は頂点に達していた。ブルーノ・ローゼもしかり。

没収された作品が次から次へと運ばれてくることは決して尽きることがないように思われた。ゲーリングはERRの新たな没収品を鑑賞するためにいつでも時間を作ることができた。没収品のなかには、絵画や家具だけでなく、この男がやはり大好きな宝飾品や宝石もある。ゲーリングがジュ・ド・ポームを訪れるたびに冷えたシャンパンが用意された。フランス人はコーヒーの味を忘れてしまったというのに。すでに信用を失っていたフォン・ベーアに代わって、野心的な助手、ローゼがゲーリングの手下になった。フォン・ベーアは表向きはまだERRを統率していたが、特権を利用したり悪用したりしながら、奪い取った作品の移動を監督し、ゲーリングのための展示会を準備するのはローゼだった。

国家元帥の推薦状のおかげで、「パリの王」を自称するこの男は自由な行動を取ることができ、ドイツ、オランダ、スイス、コート・ダジュールなどシックな保養地を旅して、その先々でより多くの至宝のような芸術作品を探したり、購入したり、販売したり、交換することができた。ジュ・ド・ポーム美術館はすでにごく安い料金でモンテーニュ大通りの彼のアパルトマンに置く家具や部屋を飾る美術品を貸していた。ローゼは「借り物」をわざわざ隠そうとはしなった。一度、彼がカーペットを持ち去ろうとするのを警備員が止めたことがある。しかし二度目は止められなかった。

ローゼはジュ・ド・ポーム美術館に戻ると、ゲーリングがやってくる前に最も興味深そうな作品を並べた。ゲーリングは彼のおかげで、数点のフランドル派の油彩画や狩猟画のほか、ロチルド家が所蔵していたファン・ゴッホの《アルルの跳ね橋》やレンブラントの《赤い帽子の若い男》を豪華な貨車に積んで持ち帰っていた。

そんな折に、ローズは重大な発見をした。「フランスを去った美術作品の多くは、現在、レヒ川沿いのフュッセン近郊にあるバイエルン王ルートヴィッヒ二世の城に集められています。そこでは、スキードラウスキー博士が、ヒトラー首相がやって来るに違いない大展示会を準備しています」とローズはジョジャールに報告した。

ＥＲＲの活動が最高潮に達していた頃、ジュ・ド・ポーム美術館は息苦しい雰囲気に包まれていた。あまりに多くの野心家たちが隊長や局長や責任者に任ぜられ、彼らは活動の全体的方針についてひっきりなしに口論していた。そんななかで、二つの党派が形成された。一方は、フォン・ベーアとローゼのグループ、そしてもう一方はヘルマン・フォン・イングラム、ギュンター・スキードラウスキー、ロベルト・ショルツのグループだ。

おまけに、何番目かの隊長としてヴァルター・ボルヒャース博士が着任した。この学芸員は空軍の中隊長だが、ＥＲＲのやり方に批判的で、概してナチズムに対する情熱がないことにローズは驚いた。彼はすぐローゼの毒のある性格を見抜き、彼のやり方に非難の気持ちを募らせていた。一方、ジョジャールはヴォルフ＝メッテルニヒが予想外に支援してくれると感じていた。ジュ・ド・ポーム美術館の占拠者のなかで、ローズがその態度や決定を恐れないのはボルヒャース博士だけだろうか？

ローズはスパイ任務に少しずつ自信をつけて大胆になってきた。ヴェイル＝ピカール家のコレクションが到着したとき、その中身の詳細を大急ぎで記録した。「殉教者の部屋」で交換取引が行われれば、これらの絵画は跡形もなく散逸してしまいかねないと心配し、美術館に誰もいなくなるのを待って、残っている作品の完全なリストを作成した。耳をそばだてながら、アルフォンス・カーン、レヴィ・ド・ベンジオン、ロチルド、ローウェンスタイン、ワトソンなどのコレクター別に分類した十五枚ほどのカードを、時間を掛けて埋めていった。マリー・ローランサン、ヴァロットン、ドラクロワがこの煉獄のなかで予想のつかない運命を待っていた。

ローズはオフィスで電話番をしているふりをした。重要人物たちが集まれば、ドアに耳を押し付けた。国立美術館総局にとって役に立ちそうな情報はどんなことでも記憶した。夕方になると、最終ゲームが始まる。書類ケースを丹念に調べ、ＥＲＲの職員のカーボン紙を集めて自宅でその内容をコピーし、翌朝、一番にオフィスに行って元の場所に戻しておいた。ゴミ箱はまたとない資料の宝庫だ。ローズはある日、ゴミ箱のなかにしわくちゃになったいくつかの顔を見つけた。それはERRのメンバーの顔写真のネガだった。これも彼女が作った作品リストと同じくらいきっと役に立つだろう。

彼女のこのような危険な行動は常軌を逸していたし、幸運にも正体を暴かれないで済むかどうか危ういものだ。その場で銃殺されたり、(強制収容所のある)ラーヴェンスブリュックに移送されたりするかもしれない。ところが、家具に紛れ込んだり、視線を合わせたりしないようにしている慎重なこの女性に注意を向ける者は誰もいなかった。彼女の礼儀正しい振る舞いが疑いを起こさせなかったのだ。危険に巻き込まれかねない書類がぎっしり詰まったカバンを手に、緊張した面持ちで自宅のドアを閉め、ジョイスに迎えられてほっとするローズを目撃した者は誰もいない。ジョイスも心配していた。そんな企みは軽率すぎると何度もローズに注意したが、結局、失敬してきたドイツ語の文章を翻訳する手伝いをするようになった。

ローズは翻訳作業に慣れていなかったため、不安を抱きながらも、結局、ジョイスに翻訳を頼むことにした。その不安は歯痛に似ていた。鎮まることもあれば、突然、焼け付くように痛みだし、決して痛みが消えることはない。不意にERRの職員やゲシュタポの将校が彼女を見つめているのに気が付くと、恐怖で凍りついた。だが、この恐怖がむしろ勇気を奮い立たせ、これまで蓄えておいた研究や専門の仕事に対する意志、しっかり成し遂げようという意志を引き出した。作品のために命を懸けることは、芸術への献身、そしてドイツ人はこの戦争に負けるだろうという漠然とした、ほとんど共有されない信念に対する献身であるように思えた。ローズの日々のこの小さな抵抗行為は、予想される惨事から犠牲者たちを救うことはできなくとも、きっと、彼らが過去の人生を少しでも取り戻す助けになるに違いない。

ローズは現場を押さえられることなく、スパイ行為を成し遂げていたが、ドイツ人が彼女を放っておいたわけではなかった。ちょっとしたトラブルが起こればすぐに疑われ、四回も二週間にわたって追い出された。ところが、警備員が代わったり、気分が変わったりして、いつも元のポストに戻ることができた。というのも、ジュ・ド・ポーム美術館では、ＥＲＲの職員たちは、何かにつけて騙し討ちをし合い、怠けているとか、とりわけ盗みを働いたと始終、非難し合っていたからだ。

もはや窃盗などなんでもない略奪者たちは、一時的に警備している財宝の入ったキャビネットから何度も品物を失敬していた。宝飾品やこまごまとした装飾品が頻繁になくなっていた。ローズはたくさんの紛失物をノートに書き留めた。紛失に気が付いたナチ党員はまずフランス人警備員を疑い、ローズがその責任を問われた。序列的な理由から、ローズだけが取り調べを受けた。彼女はその疑いをきっぱり否定し、警備員たちをその職務に留まらせておく必要があるとドイツ人をうまく説得した。

警備員たちも、それとは知らずに、重要な情報を集めてローズの手助けをしていた。運転手や梱包係、警備員は彼女とのおしゃべりを楽しんでいた。この責任者は決して彼らを非難しないし、いつも味方になってくれる。彼らは、彼女があらゆる秘密の策略を書き留めているとは思いもしないで、何かおかしなことがあったり、新しい没収品が到着したり、輸送隊が出発したりすればすぐに彼女に知らせていた。

一度、呼び出されたことがローズをいっそう不安にした。ある窓からの光が一晩じゅう、コンコルド広場を照らしていたという理由で、敵に合図を送っただろうと非難されたのだ。だが、また窮地を脱することができた。ゲシュタポの鉄の男たちには、彼女がスパイだとはとても思えなかったのだ。ローズは不安を脇に置いて、聞くこと、観察すること、書き留めることを続けた。

ローズはどんな状況であろうと、三日に一度はルーヴル美術館のジョジャールのオフィスに出かけて行った。それは落ち着きを取り戻すひとときで、そこで、内密の行動をしている意味を再確認し、活力を引き出すのだった。この静かな場所で、同胞たちの親切心に触れ、機が熟すのを待ちながら最善を尽くして抵抗する忍耐と、表面上は一人でも、実際は一人ではないという確信を取り戻していた。ジョジャールもまた、自分の小さなチームの決意を見て絶望しないという理性を感じ取るのだった。ジョジャールは、保管作品の行く先を最初に知ることができるのは保管所の警備員だけだということを知っているため、彼らには激励の手紙を送り、ナチス当局には抗議の手紙を送っていた。ジョジャールの駆け引きの余地は次第に少なくなってきていた。

ローズは、窓辺に立ってドイツ人が乗る黒のセダンと住民たちが運転する輪タクの動きを追っていた。ドイツ人の車は街を自由に乗り回すことができたが、ほかの乗り物は二年前から街を横切ることしかできなくなっていた。それでも、ほんの少しの快適さを手に入れるために、主義主張を変えたり、敵に媚を売ったりという考えはまったく起こらなかった。

ブルーノ・ローゼのパリはもちろんローズのパリとは違っていた。ローズは代用コーヒーを飲み、ルタバガ［カブの一種］の水煮を食べて過ごしていたが、ローゼはマキシムで食事をしないときは、キャビアや葉巻を何の苦労もせずに手に入れていた。ローズとジョイスは石炭のないストーブの前で震えながら、「ラジオ＝パリ」でペタン政権のプロパガンダを、「ラジオ・ロンドン」でレジスタンスのメッセージを聞き、その合間に軽やかなシャンソンを聞いて夜を過ごした。ローゼはといえば、パリで最も評判のキャバレー「シェエラザード」に行ったり、プログラムに必ずドイツの作品を入れているオペラハウスでオペラを観たり、サシャ・ギトリの芝居や喜劇俳優フェルナンデルのショーを楽しんでいた。フェルナンデルは毎日、ドイツ・クラブで昼食を取っていたのだ。

もちろん、ローゼのような地位の高い親衛隊員は娼家には足を運ばなかった。そこでは性病だということが一つの抵抗の形だった。ローゼは、アーリア人だと証明された娘をモンテーニュ大通りの自分のアパルトマンに呼んで、贅沢な一夜を過ごすのだ。

パリの夜は占領者たちを照らし続け、そのほかの者たちを暗闇のなかに放り出していた。

一九四一年から一九四二年に掛けての冬は、何も好転することなく、ことのほか凍るように寒かった。不安と空腹はいつまでも続く寒さを増幅させた。すでに厳しくなっていた配給は日々の暮らしに必要なものを満たすことはなく、あらゆるものが足りなかった。最低限の食糧だけでなく、コートの布も、靴の革も、タイヤのゴムも不足していた。ローズは自分の自転車のタイヤが擦り減らないように、ペダルをゆっくり踏みながら食料品店の前を進んでいくが、ショーケースには食品はなく、代わりに張り紙がしてあった。「肉はありません！」、「卵はありません！」。自転車に乗ってもストッキングが伝線しないか心配する必要がなかった。絹はパラシュートに使われるため、もうブティックにストッキングはない。女性はストッキングの代わりに、「Ｆｉｌ《フィル》ｐａｓ《パ》」［フランス語で「絹糸は入っていない」という意味］といみじくも名づけられた一種の琥珀色のファンデーションを脚に塗り、黒いクレヨンでシームを入れていた。

ペタンは、疲弊した国で相変わらず仕事―家庭―祖国の三位一体を賛美していた。二百万人ものフランス人がドイツで捕虜になったままで、栄養失調の子供たちはくる病に苦しめられ、踏み付けられた祖国にはドイツ語の標識が溢れているというのに。

この悲惨な生活状況を共にしているだけでなく、さらに常軌を逸した耐え難い迫害を受けている国民もいた。ユダヤ人は、ドイツの命令とヴィシー政府の法律が共存する当局のもとで、社会から次第に締め出され、屈辱的な弾圧を受けた。黄色い星をつけることを強要され、それは配給カードの繊維一ポイントと交換で取得することが義務づけられた。

その後、一九四二年七月十六日と十七日に、子供四千百十五人を含む一万三千百五十二人のユダヤ人が検挙され、フランス人の警察官と憲兵によって冬季競輪場に閉じ込められた。警察官や憲兵らは命令に逆らわなかったし、この次に何が起こるか知ろうとしなかった。戻ってきたのは百人に満たなかった。生存者のなかに子供はいなかった。彼らは乱暴な弾圧によって、癒やしようのない悪夢のなかに突き落とされたのだ。

生き延びることしか考えられなかったフランス人の多くは、占領者による暴挙、そしてヴィシー政府の嘘だらけのプロパガンダがますますひどくなる一方であることに気づき始めた。次第に、見て見ぬふりをすることも、顔を背けることもできなくなった。占領者は、ありとあらゆる敵対者を逮捕し、拷問し、殺害していた。密告が盛んに行われ、その仕返しに、あるいは臆病さから、あるいは自分の利益のために、隣人を告発するということが繰り返された。ユダヤ人の次に迫害されるのは誰だろう、ジプシー？　フリーメーソン？　共産党員？　自分は安全だとは誰も思わなかった。第三帝国の破壊的な行動を妨げることができるものは何もないように思われた。細心の注意を払って、こっそりとユダヤ人を匿い、逃亡を手助けする人もいた。ときには村ぐるみでそうしたことをしている例もあった。

ゲーリングはパリでの取引を続けていた。六月、十五回目にジュ・ド・ポーム美術館を訪れたとき、主に書物や家具を詰め込んで発送させた木箱は九〇個を下らなかった。そのなかには、やはりブーシェ、ヴァン・ダイク、ファン・オスターの絵画が一点ずつ含まれていた。ＥＲＲの各部隊は絵画よりも調度品を多く集めているようだった。ローズはジョジャールへの報告書に次のように書いた。「現在、ユダヤ人のアパルトマンから運び込まれたものはすべて、幾つかのグループに分けられています。その一つは、芸術的な価値があるもので、ジュ・ド・ポーム美術館に運ばれてきます。また別のグループは荒廃したポーランドや東部戦線の後方基地の兵士や将校の宿泊施設に設置するため、直接ドイツに送られます。そのほかの家具や用具・器具は、一時的にメトロのリシュリュー＝ドゥルオ駅近くの倉庫または車庫に保管されます」

十一月の末、ローズはゲーリングが八五点の作品を運び去るのを目撃した。そのなかには、ブーシェの《猟をするディアナ》、《キリストの生誕》、シャルダンの静物画、フラゴナールの田園風景、バクリ・コレクション所蔵のレンブラントの小品があった。対独協力主義者の美術商、ジャック・ベルトランがそれらの作品を鑑定し、いい加減な値段を告げ、ゲーリングに「個人的な敬意を表して」デッサンを二点献呈した。

同じ月、希望の風が吹いたかと思えば、そのあとに残酷なしっぺ返しがやって来た。連合国軍が北アフリカに上陸し、その報復として、ナチス・ドイツがフランスの自由地区に侵入したのだ。略奪者たちは大喜びした。それ以来、財宝狩りはフランス全土に拡大できるようになった。

何も救い出せない

七十五本のシャンパン・ボトル、二十一本のコニャック瓶、オランダやフランドル派の絵画一六点。ジュ・ド・ポーム美術館がゲーリングを喜ばせるために誕生日に贈ったプレゼントの数々だ。しかしその日、ゲーリングはアルコールにも風俗画にも喜ばなかった。まるで風船がしぼんでしまったかのようだった。

約二百万人が死亡したユダヤ人大量虐殺の七カ月後の一九四三年二月、赤軍がスターリングラードでドイツ軍を手ひどい敗北の憂き目に遭わせた。ゲーリングには、ナチス・ドイツの見せかけの不敗を突然ぐらつかせた責任の一端があった。何度も約束していたにもかかわらず、空軍を伴って部隊に物資を補給しに行くことに無残にも失敗していたのだ。スターリングラードに包囲されていたドイツ国防軍の三十万人の兵士は寒さと飢えに苦しみ、ソ連軍との激しい戦闘に疲弊して死にそうだった。

こうした決定的な急転換のなかで、ゲーリングはとうとう、数ある任務のうちのたった一つ、自分の専門分野である軍事飛行さえも果たすことができないことを証明してしまった。実のところ、すでに一年も前から、彼は軍事行動を展開することに興味を失っていたのだ。

ソ連軍が反転攻勢に出る前でさえ、ドイツ国のナンバーツーはこの戦争は負けると予感していた。そのような疑念が彼の屈託のない楽天主義に影を落としたかのように、いずれにせよ決してうまく扱ってきたとは言えない飛行士たちに対する自分の影響力や威厳が急速に衰えているのを感じていた。互いに蹴落とし合いばかりしている党のほかのリーダーたちは、ゲーリングの決定的な転落に大喜びした。というのも、ヒトラーさえも、これまで不測の事態や裏切り行為があるたびに、自分の代わりを務めさせてきたゲーリングに対する忍耐や信頼を失っていたからだ。それでもヒトラーは、ゲーリングの職務を解かずに、ドイツ国の代表者としての役割を務めさせ続けた。

実に奇妙な代表者だ。ゲーリングは今までになく太り、着飾り、別人のようになった。モルヒネ依存症に苦しみ、どこかに行ってしまったエネルギーを吹き込まないと、薬のいい加減な調合のせいで無気力になった。ヒトラーから不興を買っていることに気づいたゲーリングは、不安でいっぱいだった。特権や富を奪われやしないかと。

ゲーリングは以前より頻繁にカリンハルに逃げ込み、自分が消滅に追い込む一端を担った世界を拒絶して、絵画やどっしりとした家具、芸術性に溢れる彫刻に囲まれた魅力的な世界に浸るようになった。相変わらずヒトラーに忠実ではあったが、ゲーリングに変わらず誠意をもって接してくれるのは近しい家族だけだった。

ジュ・ド・ポーム美術館をいそいそと訪れることは続いていたが、頻度は減ってきた。一方、フォン・ベーアは遠ざけられ、ERRでの任務を取り上げられた。代わりに「家具活動」部隊を任された。これは、ヨーロッパ東部の占領政府や爆撃された都市で使用する目的で、亡命した、または強制収容所に送られたユダヤ人家庭が放置していったアパルトマンから家具を略奪する部隊だ。この部隊は、パリだけで三万八千戸をもぬけの殻にした。フォン・ベーアに代わって、ロベルト・ショルツがERRを取り仕切っていたが、彼はベルリンに残っていた。アルフレート・ローゼンベルクは、ゲーリングの敗退をいいことに、ERRの主導権を取り戻すためにショルツと組んだのだ。

略奪、逮捕、忍従の日々が繰り返され、身動きが取れない首都パリを夏の日差しが照りつけるなか、ERRはルーヴル美術館の保管室やモダンアート作品が残っているジュ・ド・ポーム美術館の展示室を調べ回った。そしてナチスの「美的センス」に基づいて、クールベ、マネの最も美しい絵画と最も過激なドガの作品を区別するために、新しい分類をした。

「ショルツと彼のチームは、ルーヴル美術館の保管室の絵画の選別を続け、保存しておきたくない絵画をナイフで切り裂いています」とローズは書いた。「マッソンの作品はほとんど、ダリの作品はすべて、ローヴェンシュタイン、エズモンド、M・-Gミシェルの各コレクションの絵画はずたずたに切り裂かれました。ピカソの作品も全部は尊重されずに、数点が切り裂かれました」

七月末、ジュ・ド・ポーム美術館に着いたローズは、チュイルリー庭園の水辺のテラスの上に大きな煙の柱が昇っているのに気が付いた。兵士たちが火のなかに何かを投げ込むたびに巨大な炎が飛び散り、火勢が増した。唖然としながらも、ローズは、それが額縁から外されて引き裂かれたルーヴル美術館の近代絵画であることを確認した。ピカソ、パウル・クレー、マックス・エルンスト、フェルナン・レジェらの作品が夏の太陽の下で燃え上がっている。ドイツ国の見解では売れないし役に立たない嫌悪すべきこれらの絵画は、一九三九年三月二十日にベルリンの消防署の庭で燃やされた作品と同じ運命を辿るはめになった。「何も救い出せません」。ローズは震える筆跡でそう書いた。

ショックが癒えないまま、ローズはジャック・ジョジャールのオフィスで両手で頭を抱え込んだ。そのとき、新しいニュースが飛び込んできた。国立美術館総局がベルギーの要請を受けてポー城国立美術館に匿っていた《ヘントの祭壇画》が、ヴィシー政府の電報による命令に基づいて、バイエルン州の美術館総局長、ブフナー博士の手に渡ったというのだ。

ジョジャールは激怒した。ファン・エイク兄弟による《神秘の子羊》〔《ヘントの祭壇画》の一部〕は絵画史において最も重要な作品の一つだ。ジョジャールは、三者の許可証（第一の許可証はジョジャール自身の署名入り）を提出することなくこの祭壇画に手を出してはならないと要求していた。ポー城美術館の学芸員は、いずれの許可証の提出もないにもかかわらず、ヴィシー政府の命令に従って、「善意」の印として貴重なパネルをブフナー博士に渡してしまったのだ。ヴォルフ＝メッテルニヒはドイツ国防軍特別攻撃隊の隊長のところに急いだが遅すぎた。軍のトラックが抵抗に遭うことなく、貴重なパネルを運び去ったあとだった。

怒り心頭に発したジョジャールは、この侵すべからざる作品の譲渡を断罪するための動議を出し、議決を迫った。上司である国民教育対独協力相、アベル・ボナールはその返答でジョジャールを非難した。国立美術館総局長と政府との関係はこれで万事休すだ。ヴォルフ゠メッテルニヒの思いがけない支援はもはや当てにできないだろう。メッテルニヒは、祭壇画の略奪に抗議したかどで解任され、ベルリンに送り返されていたのだから。

ルーヴル美術館では、ユダヤ人の個人コレクションを横取りするというよりも、キュンメルの報告書を適用しているのだと理解した。一九四〇年以降、ゲーリングとゲッベルスは、十五世紀以降にドイツから売却あるいは武力制圧によって「違法に」持ち去られたあらゆる作品を取り戻す決定をしていた。ベルリン美術館総局長のキュンメルが、全世界に散在する、ドイツ帝国およびドイツ文化に属するものと見なされる作品の目録作成を任された。フランスには該当する作品が一八〇〇点あった。キュンメルの報告書には「ドイツは略奪され、暴利をむさぼられた……、したがってヴェルサイユ条約の屈辱を消し去ることを望む」とある。同条約の第二四七条では、「損害賠償として（ヘントの）祭壇画のパネル一二点の返還」が要求されていた。

ナチスはそのときまで、総統美術館にこの祭壇画を飾るために、すべてのパネルを奪還するまでは最終的な勝利とは言えないと考えていた。祭壇画の予期せぬ誘拐は、そのときが迫っていること、個人所有であれ国家の所有であれ、国立美術館総局の保護下にあるものであっても、そうでなくても、待望されているあらゆる作品を残さず奪い取ることを、もはや法律上・行政上のどんな制約も妨げはしないだろうということを裏付けていた。

その間も、ブルーノ・ローゼは地位を追われることもなく、それどころか、勝利を手にしていた。ドイツ人の調査官とフランス人の密告者が時間を掛けて美術品を追跡した末に、アドルフ・シュロスのコレクションを再発見したのだ。このコレクションを相続していたシュロスの子供たちは、一九三九年以降、コレクションをコレーズ県のシャンボン城に保管していた。このコレクションはゲシュタポに見つけ出され、いきなり接収されたが、ヴィシー政府の首相、ピエール・ラヴァルの命令に基づいてフランス政府に返還されていた。ところがその後、アベル・ボナールの命令取り消しに基づいてドイツ政府に引き渡された。

少なくともロチルド家のコレクションと同じくらいナチスが欲しがっていたこのコレクションにはオランダやフランドル派の絵画が三〇〇点も含まれており、そのなかには、レンブラントが六点あったため、ヒトラーとゲーリングの好みにピッタリ合っていた。ゲーリングはクラナハにも目をつけていたが、これはリンツ美術館用に取っておくべきだと諭され、その他二六一点の絵画も同様にジュ・ド・ポーム美術館に送られた。総統の自分に対する評価がぐらついている以上、低姿勢でいるに越したことはない。国家元帥は敵愾心を引っ込めた。ジョジャールは今度は対抗することができた。ルーヴル美術館は、このコレクションの作品が売却される際には、購入の優先権を美術館に与えるという優先買取権を手にしたのだ。ジョジャールは四九点にこの権利をタイミングよく行使した。

　このような異例の作品取得を知ったアルフレート・ローゼンベルクは、十一月四日、「自分の」ERRに対する権限を取り戻したことを示すため、ジュ・ド・ポーム美術館を直接訪れる決心をした。ジュ・ド・ポーム美術館はローゼンベルクのためにダヴィッド＝ヴェイユ・コレクションの作品、十七世紀から十八世紀のフランス人画家の絵画や家具、小さな装飾品を揃えた展示会が準備された。誰かが彼の来訪を歓迎して美術館内に菊の花を飾ろうと言い出したため、美術館は墓地の色に染められた。

　ローゼンベルクは車六台を従えてやって来た。作品をチラッと眺めたが、その美しさには関心を示さず、これらの作品がいずれ総統のものになるというだけで満足した。彼が立ち去るや否や、ERRの職員は展示室から葬式の花を取り除いた。

　ローズはショロス・コレクションの傑作二六二点がミュンヘンに旅立つのに立ち会った。ミュンヘンではヒトラー自身がそれらの作品を受け取ると思われていたが、ヒトラーはほかの重大事に忙殺されてそのことを忘れてしまった。

　何カ月もの間、忍耐強く、略奪の際の不用意な言葉を聞き取り、さまざまな情報を突き合わせた末に、ローズはついにフランスで没収された作品が運ばれた保管所の場所と作品のタイトルを突き止めることができた。その場所はERRのほとんどの職員も知らなかった。ミュンヘンやフュッセンのほかに、バイエルン州のブクスハイム修道院、オーストリアのアムシュテッテンとコーグル、チェコスロヴァキアのニコルスブルクがあった。

スターリングラードから吹きつける容赦のない風に動揺し、ナチスの生来の妄想癖が一段とひどくなった。ERRの上官たちは、ジュ・ド・ポーム美術館のフランス人職員に、戦中であれ戦後であれ、美術館で見たこと、聞いたことを何も話さないという宣言書に署名するよう要求した。ローズは、フランス人公務員は外国権力に対してそのような誓約をすることはできないと辛抱強く説明し、その要求をなんとかかわすことができた。しかし美術館の占拠者たちはローズや彼女のスタッフにこれまではたまに示すこともあった配慮を示さなくなった。

ローズは彼らのなかの数人を恐れていただけで、全員を恐れていたわけではなかった。時間が経過するにつれて、フォン・ベーアの大仰な丁重さはあからさまな軽蔑に代わった。それはローズにとって好都合だった。家具を盗むのに忙しく、フォン・ベーアはできるだけローズに話しかけないようにしていたし、彼女を監視しても無駄だと思っていた。ローゼの機嫌は凄まじいほどくるくる変わった。

ローゼは自分自身のために、何にも妨げられることなく、絵画や家具をこっそり持ち出しておきながら、新たな盗難が発覚すると、わめき散らした。犯人を射殺してやると宣言していたが、その正体が暴かれることは決してなかった。ERRの女性職員、アンヌ＝マリー・トムフェルダーが没収された応接セット、銀食器、宝飾類、毛皮を届けさせていることは誰もが知っていた。極端にこそこそする必要も、ローゼの脅しに怯える必要もない。彼女はERRのお偉方の一人、へルマン・フォン・イングラムの婚約者なのだ。二人の結婚のため、彼女は極上の結婚祝いの品を自分に贈っていた。たとえば、L・L・ドレフュスのコレクションの螺鈿の柄の付いたナイフなどを。

ある日ローズは、ローゼがゲーリングに渡すと約束していた財宝のなかから盗んでいる現場を目撃した。彼女はカードにメモした。「ローゼ博士、ベルリンの母宛てに一箱を発送。その箱にはジャック・ベルトラン氏がゲーリング元帥に対する敬意と親愛なるローゼ博士に対する最高の親愛の情を込めて（文章のママ）捧げたゲーテとコルネイユの作品の情景を彫った彫版画が数点含まれている」

再度呼び出され、盗難について問いただされたローズは、きわめて冷静にその場を切り抜けた。しかし、彼女は一度だけ反撃し、声を荒らげたことがある。窃盗犯がフランス人職員であることはまずありえない、しかも彼らだけを取り調べるのは納得できないとローゼに指摘した。度がすぎたかなと思ったが、ローゼは彼女の主張を認め、今後はERRの職員すべてに同じ検査を受けさせると約束した。ドイツ人職員たちは新しい証言書に署名することをさんざん渋った挙句にやっと従った。

ローズはこのERRの白シャツを着た専門家たちに対して恨みというより当惑を覚えていた。彼らはイデオロギーあるいは戦争に対する信念のためではなく、芸術の知識があるためにパリに来たのだ。彼らは制服姿の軍人に命令されて、冷蔵室のなかの肉包みのように傑作の目録を作成するありふれた労働力として扱われることをローズ以上に嫌っていた。

例外的なのは、自分が嫌っている部隊のトップに抜擢されたボルヒャース博士だ。ローズは彼の率直さが好きだった。彼の内緒話は上司と深刻なトラブルになりかねない。ボルヒャー博士は「屋内での乱暴な没収、同胞たちの悪行や尊大さにイライラする」と言い、将校らの趣味を嘲笑していた。アルノー・ブレーカー作のワグナーやヒトラーの胸像をゲーリングに贈っただって？　最悪だ！　フュッセンの保管所の中身？　本物の財宝に偽物がごちゃ混ぜさ……。当初から、彼の専門家としての任務が彼には苦痛だったが、そこから逃れることができないでいた。

その年の終わり、次第に迫って来る爆音が占領者の神経を尖らせる一方で、フランス人は、熱狂的な希望に胸を膨らませた。連合国軍による爆撃が始まったのだ。大混乱に陥っていたミュンヘンでは総統官邸が荒らされ、シュロス・コレクションから選ばれた作品は姿を消した。

ＥＲＲのあるドイツ人職員の家族が住む街が爆撃された。家族の消息がわからず、彼はローズに呟いた。「僕が犯したことの報いさ」と。

恐怖の弔鐘

　彼が来たことにローズは気が付かなかった。自分のものではないデスクで書類を調べていたのだ。ドア付近でなにやら音がすると思って振り返ると、ブルーノ・ローゼがドアの縁にもたれていた。その視線にローズは身がすくんだが、ほんの一瞬、視線を交わしたあと、ありったけの意識を集中させて平静を装った。

「ここでは、誰もが秘密を抱えており、美術館で起こっていることについて話すのは大きなリスクがあることを思い起こす良い機会でした」とローズはあとでジョジャールに報告した。「ローゼは私の目をじっと見つめて、『銃殺されたかもしれないぞ』と言いました。『ここではいつでもリスクに晒されていることを知らないほど馬鹿な人はいません』と私は静かに答えたのです」

　ローゼは機嫌が悪かった。大きな金儲けになる交換取引を上司のロベルト・ショルツに取り消されたからだ。ローゼが怒りを吐き出すために休暇を取ると、美術館の職員全員が胸をなでおろした。ローズは、少なくとも自分と同じくらいローゼを軽蔑しているボルヒャースと、彼の汚い手口や威張り散らす態度などをあげつらって、うっぷんを晴らした。ボルヒャースはあの気障な若者がこんなに長い間、咎められずにいるとは思っていなかった。ナチ党員は自分の仲間について、その日の興味や気分によって、あっという間に意見を変える傾向にある。ボルヒャースは立場上、そのことをよく知っていた。重要なポストにあるドイツ人はたった一枚の手紙でそのポストを失いかねない。フォン・ベーアはその経験をしていた。次にそうなるのは誰だろう？

ローズはつい最近ヒヤリとした出来事にいつまでも怖気づいてはいなかった。重要な発送荷物の番号とイニシャルを書き留めて、もっとうまく偵察することで緊張を追い払った。ほとんどの発送荷物はチェコスロヴァキアのニコルスブルクの保管所宛てだった。ローズは今まで以上に不意打ちされないように警戒した。ローゼは撃つぞと脅すことができることをわかっていた。ジョイスは相変わらずアメリカ大使館で働いており、そこは比較的安全だった。しかし、もしローズに何か起これば、彼女のところに駆けつけるのに時間はさしてかからないだろうが、そんなことをすれば、今度は彼女が罰せられるだろう。二人でいれば、戦争中の不安は和らぐが、相手を心配する気持ちは軽くならない。

四年前からフランスでは、ドイツによる占領によってあらゆる生活が吸い込まれていた。恐怖を抱かせるナチスの暴力に、国内の反独派を取り締まるためにヴィシー政府によって最近結成された親独義勇軍の暴力が加わり、逮捕されたり懲罰を受けたりする者がどんどん増えていった。商品がほとんどない商店の前に並ぶ長い列は、疲れ果てた市民の毎日の苦行となっていた。

空襲警報が頻繁に鳴り響き、そのたびにショーや映画が中断され、人々は一番近い防空壕に大急ぎで逃げ込む。イギリス軍の爆撃が増えるにつれて、犠牲者も激増した。映画のニュースでは破壊された村や犠牲になった市民の映像が映し出され、反連合国軍のプロパガンダを煽り立てていた。レジスタンスに身を投じている市民はまだごくわずかだったが、BBC放送は市民を力づけようと「パルティザンの歌」を流している。そのほかの者は、再び見境のない破壊行為にはまりこんでいるように見える闘争の出口を心配しながら、慎重に待っていた。

しかし、愛国心の炎を再び燃え上がらせるのに時間はそれほどかからなかった。一九四四年四月二十六日、検閲されていた新聞は報じなかったが、ペタン元帥はヴィシーを離れて堂々とパリを訪れる許可を得た。連合国軍による爆撃の犠牲者を追悼するミサに参列するためにノートルダム寺院にやって来たペタンは、支持者の温かい歓迎を受けて、まだ人気があることに胸をなでおろした。次にペタンはパリ市庁舎を訪れ、数千人の前で即席で演説をしたが、聴衆のなかには、噂を聞いてやってきた野次馬やパルティザンも紛れ込んでいた。八十八歳の元帥は懐かしいおじいちゃんのような茶目っ気を交えて市民に語りかけた。非公式であることを示すために繰り返される「偵察小訪問」という言葉も「パリに漂うあらゆる悪からあなたがたを解放するために、私はここに来た」という宣言も、適切な音響設備がないために聴衆のざわめきのなかに消えてしまった。群衆は、ほとんど聞こえなかったにもかかわらず、喝采を送った。ペタンの対独協力政策が強力に支援されていたなら、ペタンの姿はもっと多くの人々に一九一八年の勝利に沸いたフランスを思い出させていただろう。だが、人々はむしろ市庁舎のペディメントに三色旗が掲げられているのを見て、また敗戦以降、禁じられていた「ラ・マルセイエーズ」を再び一緒に歌えることに酔い痴れていたのだ。風向きが変わってきた……。

分断されたフランス国民が知らないうちに、西部での戦線を開始するための大規模な作戦が準備されていた。ドイツ軍はイギリスに最も近いパ＝ド＝カレ沿岸に連合国軍が上陸すると予想していた。ドイツ軍の偵察機を騙すため、イギリスのドーヴァー周辺に偽の施設が配置されたのだ。策略はうまくいった。ついにノルマンディーで「オーヴァーロード」作戦が開始された。

数々の暗号メッセージが無線で交信された。そのなかの一つで、ジョジャールは、美術品の保管所が爆撃されないように、最新の保管場所を連合国軍に伝達することに成功した。該当する建物近くの地面にパイロットが読めるように「ルーヴル美術館」という巨大な文字が書かれた。ドイツ側も来るべき戦闘で作品に被害がおよばないよう備えをした。軍が窮状に陥っている頃、ヒトラーは、自分の美術品保管所を保護し、彼のコレクションのなかの最も重要な作品をオーストリアのアルタウスゼー近郊にある巨大なシュタインバーク岩塩坑に移すように命じた。

ついに六月六日、約十万人の兵士、数千台の戦車、数千機の空軍機と戦艦、そして大量の砲弾がノルマンディー沿岸に上陸した。イギリス軍、アメリカ軍、カナダ軍が波のように押し寄せ、地域一帯の畑地や牧草地の夏の緑が血の深紅色に覆われた。連合国軍がフランスをナチのくびきから解放しにやって来たのだ。

パリでは、人々がこうした出来事を待ちきれない思いで見守っていた。ラジオはもはや機能していなかったし、ニュースは噂として少しずつ耳に入る程度だったが、とうとう希望が現実的になってきた。市民が蜂起し始めた。鉄道員や警官はストに突入して戦闘に参加した。一方、敵軍は記録文書を燃やしてドイツに撤退する準備をしていた。来る日も来る日も、市民はパリに向けて進撃するルクレール将軍の第二機甲師団を見守っていた。

ジュ・ド・ポーム美術館では、職員が手に汗をかきながら、いつも以上にせわしなく動き回っていた。ERRの幹部はフランス人職員に機密保持宣言書にサインすることを改めて求めてきた。ローズは今回もその措置を免れることができた。ERRの秘書たちは一人また一人と姿を消した。そのなかの一人、フランス人と結婚したドイツ人女性は捜し出され、スパイの容疑で告訴された。別の一人、シモーヌ・ボーフィスという女性は一カ月前から消息不明だ。彼女が残した嘘の住所が発見され、ドイツ人は彼女を裏切り者として捜索させた。ローズはそうした糾弾が正しいのかどうかわからなかった。自分以外のスパイの正体を暴こうとはしなかった。

ERRの男性職員のほとんどは前線に召集された。彼らは大急ぎでオフィスや保管所を去ったが、なかに絵画を数点、持ち去った者がいないわけではなかった。フォン・ベーアはしばらく自分のポストに留まり、連合国軍が上陸する前に退散するため、ドイツに発送できるものをすべて急いで部下に梱包させた。

ブルーノ・ローゼは、これまで戦時下でありながら快適にのうのうと過ごしてきたことに満足していただけに、脚を折ったと偽って強制召集を免れた。そして七月末、「治った」と大げさに告げて、戦地に赴いた。ローズはメモした。「ローゼ、ベルトに拳銃を差し、ノルマンディーに向かって鳴り物入りで出発。彼は戦場に行くのが嬉しいと言う。その二日後、小型トラックに鶏肉、バター、ロースト用の子羊肉を積んで戻って来た。そのお手柄のあと、七月二十八日、イエナ大通り五四番地でフォン・ベーア男爵も加わり、大宴会が開かれた」。豪華なディナーは、配給制度のせいで枯渇したパリでの、同僚同士の休戦協定なのだろう。

八月九日、ローズはジョジャールに半分ほっとしたような、半分心配な気持ちでメモを渡した。「フォン・ベーアとローゼは数日後に戻ると言って出て行きました。私たちにとって、あの二人は占領の最後の瞬間に、ここにいないほうが好ましいでしょう。彼らはここで過ごした痕跡も証拠も消し去るつもりはないでしょうから」

八月十五日、連合国軍がプロヴァンス地方の沿岸に上陸してから、一段と緊張が増した。連合国軍の戦車がパリに近づいてきた頃、ドイツ軍の装甲車はパリを突き抜けていた。十九日、ローズは初めて発砲音を聞いた。パリ市民が武器を取ったのだ。そのときまで不安のなかで過ごしていた者は、男も女も子供も外に出て、力を合わせてバリケードを築いた。爆撃で地面や壁が振動する。グランパレの上に真っ黒い煙がもくもくと立ち上がった。

ローズはアメリカ大使館に駆けつけ、ジョイスに家に帰って籠るよう急がせた。それから自分はルーヴル美術館のジョジャールのオフィスに逃げ込んだ。職員はルーヴル美術館のペディメントにすぐにでもフランス国旗を掲げたがったが、慎重なジョジャールは反対した。失うものがもはや何もない敵軍を軽んじるのは、まだ早すぎるというのだ。ローズは、警視庁の前に同じ旗が掲げられていたのを思い出した。警視庁は少し前まで略奪したコレクションを輸送するためにドイツに小型トラックを貸していたのだ。道路が安全になってからローズはジュ・ド・ポーム美術館に戻った。

ジュ・ド・ポーム美術館は戦場のようになっていた。ドイツ人たちは、建物のなかにも周囲にも、チュイルリー庭園にも、戦闘に備えて自分たちのバリケードを築いていた。ローズは上階に居座って、六日間、食事を取ったり、眠りについたりするために監視場所を離れるのもためらいながら、上から事の成り行きを見張っていた。

八月二十四日の夕方、ついに鐘が鳴った。第二機甲師団がパリに入城したのだ。翌日、ルクレールとその師団は、群衆の歓呼のなかリヴォリ通りに到着した。群衆の歓喜には復讐に燃えた熱狂が入り混じり、やがてドイツ人に向けられていった。人々はもはや躊躇することなく、緑青色のユニフォームに飛びかかり、引き裂き、めった打ちにしながら、その顔は取り戻した自由を叫ぶ息づかいで歪んでいた。

そのとき、群衆はジュ・ド・ポーム美術館の屋根の上に一人の職員がいるのに気が付いた。民衆と共に勝利を祝おうとしていた勇敢なこの男は、潜んでいた敵だと思われた。数人が無理やり美術館のなかに入ったが、ローズが道を塞ごうと彼らの前に立ちふさがった。彼らはローズがドイツ人を匿っていると疑った。ローズに銃を突きつけて、地下室まで案内させた。そこで彼らが目にしたのは、無傷で変わらない姿のいくつかのコレクションだった。目の前には一人の敵もいなかった。ローズは闖入者を追い出し、憤慨しながらも知らないうちに逃げ出した兵士が一人もいなかったことにほっとした。

道路では砲弾が次々と放たれ、壁やガラスや無防備の人間に浴びせられた。数人のドイツ国防軍の兵士たちがローズの目の前で死んでいった。ジュ・ド・ポーム美術館のすぐ隣のオランジェリー美術館に砲弾が落ち、モネの《睡蓮》が被害に遭った。それは一九一八年の休戦日の翌日にモネがフランスに寄贈したものだ。捕虜収容所と化したルーヴル美術館の方形宮に六百人のドイツ人が押し込められた。自分たちに襲い掛かってくるように見えた群衆に怯えた兵士たちはルーヴル美術館のいくつもの戸口をこじ開けてなかに入り、隠れた。エジプトの石棺のなかに忍び込んだ者もいた。

同じ頃、ジョジャールと彼の同僚、ジャクリーヌ・ブショー゠ソピックはリヴォリ通りを歩いて市庁に向かったが、二人は裏切り者呼ばわりされ、唾を吐きかける人垣に囲まれた。「奴らはルーヴル美術館にドイツ人を匿っていたんだ！」と人々は喚き散らした。数人が二人に襲いかかろうとしているまさにそのとき、二人を解放せよとのレジスタンスのメッセージが届いた。二人を囲んだ人々は、小銃やピストルを手に怒鳴り続けた。敵を激しく前に押し出し、踏み付けた。引き裂かれた服を着た一人の女性が三色旗を振り回していた。

ジョジャールはドラクロワの《民衆を導く自由の女神》のなかに放り込まれたような気がした。

終着駅、オルネー＝ス＝ボワ

ローズは相変わらず逃げる気はなかった。フォン・ベーアに命令された最後の輸送隊には、ドイツ帝国銀行の空っぽの金庫を満たすためにチェコスロヴァキアで売却する予定のモダンアート作品が集められていた。八月一日、一二〇〇点の絵画を梱包した一四八個の木箱がドイツ国防軍のトラックに積み込まれた。トラックで駅まで運ばれた積荷は、歩哨が警備する五両の貨車に移され、固く閉ざされた。この列車は直接、ニコルスブルクまでは行かず、（フランスの）オーベルヴィリエ駅で停車し、奪取された家具が四十七両の貨車に積み込まれるのを待っていた。

ローズはトラックが出発する寸前にフォン・ベーアの発送明細書に記載された貨車のナンバーと積荷の内容物のリストを読み取ることができた。彼女はこの情報をジョジャールに伝え、ジョジャールは国有鉄道のレジスタンス組織に伝えた。列車の出発予定日、鉄道員がストに入った。ストが終わったかと思えば、今度はもっと急いでいる貨物列車を通すために路線から外された。その積荷というのは、できるだけ早くフランスを去りたいドイツ兵たちだった。さらに鉄道員らは機関車の故障、線路の破壊、ポイントの故障などを装った。こうして列車を四十八時間ル・ブルジェで足止めさせた挙句、オルネー＝ス＝ボワに迂回させた。

フォン・ベーアはやっと自分が馬鹿にされたことに気が付いた。むなしい思いで叫び、わめき、殺すぞと脅した。三週間も、まるで幽霊列車のようにのろのろと蛇行した挙句、貴重品を運ぶ輸送列車は数キロメートルしか進んでいなかった。

鉄道員たちも偽装工作に疲れ果ててしまった。フォン・ベーアは機関車が正常に作動していることに気が付き、八月二十七日に列車を出発させると独断で決めた。その頃、ルクレールの師団の若い司令官がオルネー＝ス＝ボワ駅にできるだけ急いで行くようにという命令を受けた。彼とその仲間はタイミングよく到着し、ドイツに出発しようとしていたいわゆる商品輸送列車を捕獲した。アレクサンドル・ローザンベールという名のその司令官は、積荷のなかに多数のモダンアート作品を見つけたが、そのほとんどは父、ポール・ローザンベールが所有していたものだった。

ローズはポール・ローザンベールのコレクションの絵画をジュ・ド・ポーム美術館に移送してくれるよう頼んだ。ジュ・ド・ポーム美術館は、ドイツにうまく逃げおおせたフォン・ベーアとローゼに作品を根こそぎ持ち去られていたのだ。ローズは絵画を平らに置いて見るのが好きでそれらの絵画を床に並べさせて、長い間見つめていた。その足元で、セザンヌ、ゴーギャン、モディリアーニ、ルノワール、ピカソ、デュフィ、ブラック、フジタ、ドガ、トゥールーズ＝ロートレック、ヴラマンク、ユトリロ、スゴンザック、ボナール、そして五〇数点のマリー・ローランサンの絵画たちが無傷のまま勢ぞろいして語り合っていた。これらの絵画はローズと共に、彼女の王国の城壁内に保護された。そこには、この四年来初めてゆったりとした静けさが戻っていた。

ジュ・ド・ポーム美術館からＥＲＲが一掃されたのだ。

信頼されるミッションへ

パリ解放の翌日、解放の高揚感は野蛮な粛清によって傷つけられた。人々は自分がされたように、暴力、復讐心、侮辱行為をもって仕返しをしたのだ。ドイツ人と寝たと疑われた数千人の女性が公衆の面前で丸刈りにされた。密告者あるいは対独協力者だったと告発された男たちは、統治機関がまだ存在しない国で、裁判もせずに絞首刑になったり、射殺されたり、リンチを受けたりした。ド・ゴールの臨時政府はまだ平穏な秩序をもたらすことができなかった。

一九四四年末にはフランスのほとんどの地域が解放されたが、どこも廃墟と化していた。傷は癒えることなく、その手当てには時間がかかることだろう。

ローズは往来でドイツ人を平手打ちにしたいとは少しも思わなかった。復讐しても過去の苦悩は消えない。そんなことより、前を見つめて、元の状態を取り戻したいと思った。そのためには、略奪された財産を回収し、返還するという確固たる考えを実行することに全力を傾けることだ。彼女は四年間、その考えで、頑張り、命がけでカードを埋めてきたのだ。

フランスの国有美術品はいくつかの城に安全に保護されており、それぞれの古巣に戻す準備がされていた。嘆くほどの損失はほとんどなかった。これらの作品は奇跡的に爆撃や火災、浸水を免れていた。寒さと湿気による影響だけがいくらか残っていたが、急いで修復された。ルーヴル美術館がすべての所蔵作品を見つけ出すには一年以上必要だろう。大々的な展示会が開催され、国じゅうの警備員や美術品の保護者の勇気が称えられた。

個人コレクションについては、正式な目録から判断して、多くの不正な取引が行われたことが判明した。一九四四年八月の時点で、二〇三の個人コレクションが略奪されていた。具体的には、損失したもの、国内で盗難されたもの、どうなったかわからないものを除いて、二万一九〇〇点以上の美術品(うち、絵画、デッサン、彫版画が一万点)、家具や屋内装飾品が五〇万点、そして書物や写本が一〇〇万点以上もある。そのほかの秘密裏の略奪も含めると、ナチスは組織的・体系的に、ヴィシー政府やフランス人の協力を得て、一〇万点以上の美術品を盗んでいた。

それらを見つけ出し、所有者に返すには一生を掛けても足りないだろう。だが、そんなことはどうでもいい。ローズは自分の一生をそのことに捧げるつもりだった。

解放の数週間後、臨時政府と国民教育省は、なんとかして平和な状態に戻ることが急務ななかで、この捜索の重要性を認めた。十一月になると、美術品回収委員会、略称CRAが設置された。これは、以前からローズの心を占めていた任務、つまり、ドイツやそのほかの国々で略奪されたすべての美術品を探し出し、それぞれの国に戻す任務を担う委員会だ。

そのトップには美術史家のアルベール・アンローが就いた。アンローはルーヴル美術館愛好家協会会長、国立美術館評議会副会長であり、レジスタンス活動でジョジャールと接触していた主な人物の一人だ。ローズは、近年の功績を考慮すれば、高い地位に就いてもよさそうなものだが、彼女の公務員としての階級ではせいぜい事務局長に任命されるのがやっとだった。CRAには本部として最適の場所が割り当てられた。ジュ・ド・ポーム美術館だ。亡霊たちをそこから追い払うためにも。

まず問題になったのはたくさんの書類と新たに作成すべきリストだった。ローズのもとにはおびただしい返還請求が押し寄せた。それらの情報に基づいて、一九三九年から一九四五年までの間に略奪された財産の一覧が作成されたが、それは三カ国語に翻訳されて数冊になり、行われた悪行がどれほどのものであったか、またこれからやるべき仕事がどんなに大変かを思わせるものだった。

ところが終戦によって領土の分割が行われたことが各国の自主行動を複雑にした。イギリスでも略奪された作品を回収するための委員会が設立され、CRAと共同で作業するためにSHAEF（連合国派遣軍最高司令部）が運営する連合国軍の事務所がパリに置かれた。ローズは持っている情報を提供するよう迫られたが、拒否した。役人の仕事は緩慢で、書類をいつまでも放置しがちなことを知っていたからだ。自分の貴重なノートを預けたりしたら、引き出しに入れたまま忘れるに違いない。

それに、彼女はそれらのコレクションと深い絆で結ばれていると感じていた。コレクションが故国から連れ出され、中継点に閉じ込められ、再び移動させられてきたのを見ていたのに、それを妨ぎたくても何もできなかった。今、自分が、この自分だけがそれらのコレクションを取り戻す手段を持っている。ほかの誰であれ、コレクションをこれほど大切に扱うとは思えなかった。

いや、もし誰かにこのノートを預けなくてはならないなら、まず、その人物が預けるに値する人物であることを示してくれる必要がある。ローズは性格上、また過ぎ去った年月のせいで、繰り返される頼み事や命令に素直に従えなくなっていた。CRAとて情報を提供する条件を満たしてはいないことがわかっている。CRAには協力者が必要だろう。それは、一九四四年六月のときのように、フランスに上陸したアメリカ軍だ。

パリの「モニュメンツ・マン」

一九四四年八月二十五日、連合国軍とパリ市民が入り混じった群衆が喜びに沸くなかを、一人のアメリカ人将校が抱擁し合う人々を笑顔で押し返し、肘で押し分けながらセーヌ河岸を歩いて行った。彼はオスマニアン様式の建物群、ルーヴル美術館のファサード、ノートルダム寺院の尖塔を初めて見たかのように首をかしげて眺めていた。

角ばった顎に嘲笑的な仕草、口の端に煙草をくわえたジェームス・ロリマーはアメリカ兵そのものだった。だが彼は、戦前はツイードスーツに身を包み、マンハッタンの北にあるクロイスターズ美術館の中世展示室をぶらついていたのだ。ロリマーは普通の兵士ではない。「モニュメンツ・マン」だ。

つましい家庭の生まれだが、ハーヴァード大学を卒業した彼は、四十歳になる前にニューヨークのメトロポリタン美術館で中世美術コレクションの学芸員の地位を得た。真珠湾攻撃に触発されて、一九四三年に歩兵として軍隊に志願したが、その後、ルーズベルト大統領の後押しで設立されたばかりの美術作品および歴史的記念建造物の保護（ＭＦＡＡ）プログラムを担当する部隊に加わった。

十三カ国、三百五十人で構成されるこの英米合同機関は、保護する歴史的遺産を特定し、それらを戦闘区域で保護することを担う組織だ。スタッフのほとんどは、守備隊やレンジャー部隊や機関銃手ではなく、建築構造や古文書、書物に詳しい四十代の美術史家だった。女性スタッフも大勢いたが、このグループはすぐ、「モニュメンツ・メン」と呼ばれるようになった。

一九四四年五月二十六日、連合国軍最高司令官のアイゼンハワーは、彼らにヨーロッパに行って歴史的建造物や、爆撃されたり、戦闘によって損害を受けたりした教会を保護するように命じた。彼らの最初の任務は保護命令が適用されていることを確認することだった。十五人ほどのアメリカ人「モニュメンツ・メン」がヨーロッパで活動することになった。ジェームス・ロリマーはその一人だ。

ロリマーは一九四四年初頭にイギリスに到着し、連合軍がノルマンディーに上陸したあとの八月三日にノルマンディーに向かった。歩兵に必要な経費を考えると、「モニュメンツ・メン」が自由に使える資金が非常に少ないことがわかった。軍隊における彼らの立場や階級は曖昧で、民間人に対する権限さえ明確にするのは困難だった。

幸いなことに、司令官がロリマーを急いでパリに送った旅の真の目的は、イル・ド・フランスの歴史的記念建造物を保護するセーヌ班に加わらせることだった。彼の任務の一つはフランス人の同業者と連絡を取り、連携して保護活動を強化することだ。

フランス語を話すバイリンガルのロリマーは、やっと芸術の世界的中心地たるパリを目の当たりして、これ以上ないほど幸せを感じた。数日間、通りやカフェやレストランで手に取るようにわかる市民の歓喜、高揚感を共有しながら、勝利後の胸躍る日々を旅行者として楽しんだ。たった一人の男がこの首都を破壊することができたこと、そしてたった一人の別の男がそこから救い出す決断をしたことを思うと身震いを覚えた。もはやパリを死守することが不可能なことを悟ったヒトラーは、フォン・コルティッツ将軍にパリを爆破するよう命令していた。幸い、すでにロッテルダムやウクライナのセバストポリを迷うことなく破壊してきたコルティッツは、総統に従わず、降伏文書に署名した。

パリの中心地に宿を取ったロリマーは、ルーヴル美術館へは、鉤十字の旗がすっかり片づけられたリヴォリ通りをぶらぶら歩いて行くだけでよかった。チュイルリー庭園を連合国軍の野営が占拠しているのを見て、ロリマーはショックを受けた。銃弾で穴だらけになったり、黒い溝が入ってしまった彫像のそばで、同胞らが料理をしたり、洗顔用のお湯を沸かすために焚火をしていた。

ルーヴル美術館のオフィスでは、古くからの友人が彼を待っていた。ジャック・ジョジャールは立ち上がり、ロリマーと熱い握手を交わした。五年前にパリで最後に会ったときから何も変わっていないように見えた。もっとも、数百人のドイツ人囚人を見下ろしながらの握手でなかったならの話だが。ジョジャールは彼にすべてを語った。同館の傑作を疎開させたこと、戦争中にそれらの作品を守るために同僚たちが信じられないほど勇気を振り絞ったこと、占領者だけでなく彼自身の上司によって、絶えず危険に晒されてきたこと――その上司、アベル・ボナールは死刑を宣告されたあと、スペインに逃亡した――、絵画や彫刻を国立美術館に戻すのがどれほど複雑で困難だったかなど。確かに、パリは解放された。だが、フランスのほかの地域はそうではない。まだ解放されていないのだ。

ロリマーは、フランス国内の保管所の詳しい地図を提供して欲しい、保管所が被害に遭うのを避けるために現場の部隊に渡すからとジョジャールに頼んだ。ロリマーはドイツ軍がブリサック城の周辺に地雷を埋めたことやスルシュ城の湿度の高い地下室の絵画は急いで古巣に戻すべきであることを部隊に知らせた。

その後、ルーヴル学院の院長、ロベール・レイがルーヴル美術館の空っぽの展示室へロリマーを案内した。二人は壁にチョークで書かれた「モナリザ」という字の前で立ち止まった。シャンボール城を皮切りに次々と四カ所の避難所を渡り歩いた《モナリザ》は、今もロット県のモンタル城に保管されており、一九四五年六月十六日まで戻らない予定だ。そのほかの作品があるべき場所に展示されるまでに二年はかかるだろう。

ジョジャールはロリマーと再会した数日後、ロリマーに電話をしてジュ・ド・ポーム美術館が連合国軍の郵便局として利用されるために接収されたことを知らせた。奇妙なことに、ジュ・ド・ポーム美術館は連合国軍司令部が作成した保護すべき記念建造物のリストに載っていなかった。フランス側ともアメリカ側とも、さんざん苦労して交渉した末に、ロリマーはジュ・ド・ポーム美術館からアメリカ人を追い出すことができた。しかし、ほかにも多くの記念建造物が至るところで連合国軍に接収されていた。チュイルリー庭園にたくさん停められていた大型自動車やジープをアンヴァリッド前の広場に移動させることにも成功した。そこなら巻き添え被害は少ないだろう。

数週間が経ち、ロリマーはアメリカの部隊が生活しやすいように、相変わらず動き回っていた。司令部を訪ねたり、情報局を管理したり、本来の任務とは関係のない仕事をこなしていた。つまり、芸術に関わっているわけではなく、いい加減うんざりし始めていた。ニューヨークでは、妻が初めての子供を出産したばかりで、ロリマーは家族に会いたくてたまらなかった。まさか、娘が二歳になるまで会えないとは思いもしなかった。

彼はしばしばジョジャールを訪ねては、衝動的だとか落ち着きがないとからかわれた。正常に戻るための面倒な法律と奮闘するロリマーを見て、ジョジャールは予想通りだと思った。ジョジャールはロリマーに言った。「この任務には専門家が是非とも必要だ。それにはまず、君にある人を紹介する必要がある」

ローズは二人の男性がいるオフィスに入った。初めは丁重に、互いにいくらか警戒しながらのやり取りがされた。アメリカ人のなかには、ヴァランというこの女性はナチスに協力したのではないかと疑う者がいた。ローズのほうは、アメリカ人は芸術にどれほど興味があるのだろうかと訝しんでいた。戦争直後の特殊な雰囲気のなかでは、情報をそう簡単には交換しないし、誰であれ手助けしたりはしない。どんな計画もお役所仕事のように遅れがちで、がっかりするばかりだった。CRAも当初はその影響を受けた。ローズのおかげで、木箱が一一二個だけ見つかった。当局がもっと迅速に対応していれば、もっとたくさんの作品を遅れることなく見つけることができただろう。フランス人の個人コレクションの三分の一は盗まれて散逸しているとローズはロリマーに伝えた。

ローズはこのアメリカ人は征服者然としていないし、美術館がこれ以上兵士たちに占拠されないように気を配ってくれたと好印象をもち、二人は穏やかに話し合った。ロリマーのほうは、ジョジャールが高く評価しているらしいこの女性、魅力に乏しいが鋭い目つきをしたこの捉えどころのない女性のことをどう考えればいいかわからなかった。そしてジョジャールは、ドイツの保管所にある作品をほかの部隊が来ないうちに安全な場所に移せるように、ローズがドイツの保管所に関する彼女のノートをロリマーに預けてくれることを期待していた。ところがローズは誰も信用しなかった。情報を明かすことを繰り返し拒む彼女を見て、彼女が言い張るほどに、本当に情報を持っているのかロリマーは訝り始めた。

遅れた挙句にオルネー駅で動かなくなった列車の話はロリマーの興味を引いた。その輸送列車の四十七両の貨車がいつの間にか姿を消したことを知ったローズは、ロリマーと一緒に探しに行くことに同意した。相手を良く知り、どんな能力があるかを判断するには、現場で共に行動するのが一番いい。

数日間、二人は郊外の駅から駅へと探し回り、ついにパリ北部にその輸送列車が停まっていることを突き止めた。貨車のなかには、やはりユダヤ人の個人コレクションから盗まれた家具や食器が、最後の略奪者にとっては商品価値がないとばかりに壊されて放置されていた。この遠征は美術品の回収という意味では何の収穫もなかったが、ロリマーはローズの情報量の多さや説明の正確さに驚いた。彼女は列車の積荷の中身について、小型のろうそく立てに至るまで知り尽くしていた。

その年の秋、この「モニュメンツ・マン」とローズは、彼女が住所を掴んでいたERRのパリにある保管所の捜索を続けた。すべてが大急ぎで運び出されてしまったあとで、残っていたのは家具、破壊された書物だけだった。ERR職員のオフィスとして使用されていたアパルトマンなど、突き止めるのが困難な住所もあった。二人はマティニョン大通り三丁目のブルーノ・ローゼの住居に向かった。ドイツの詩人、ハインリヒ・ハイネがこの建物で亡くなったことを記したプレートが張られていた。ハイネは、一八五三年にこう書いている。「本を焼く者は、やがて人間も焼くようになる」

そのアパルトマンにはフランス国内軍（ＦＦＩ）の陸軍大佐が妻と共に住んでいた。ローゼは解放の数日前に美術品を積んだ車でドイツに消えていたが、その積荷はドイツに着く前にベルギーで降ろしていた。以来、彼がどこへ逃げ込んだのか、何を持ち去ったのか誰も知らない。

冬のパリを二人で自転車を漕ぎながら、荒らされた場所を探し回り、結局、価値あるものは何も回収できなかったが、その間にローズは自分と同じくらい粘り強く、美術を愛し、率直なこのアメリカ人に共感を覚えるようになった。ロリマーは、彼女が真面目な顔で言うユーモアがさまざまな葛藤を乗り越える助けになっていると感じた。しかし、歯がゆい思いもしていた。彼の新しい仲間はヒエラルキーの一番下で足止めされていた。つまり、あらゆる決定権を奪われていると言っていいだろう。このままでは美術品の回収を本当に成し遂げるには数カ月、さらには数年かかってしまいかねない。彼女が持っているドイツ国内の保管所に関する情報が正確なら、そして彼女が自分を信用してくれたなら、この共同調査はもっと効果的に成果を上げることができるだろう。

クリスマスが近づいた頃、ローズはロリマーにシャンパンを一本、届けさせた。感動したロリマーはお礼を言うために彼女に電話をした。「良かったら、会って一緒に飲まないか?」。彼女はその招待を受けた。細かい泡に酔い痴れ、重要な任務を共にしているという確信から、二人の友情は深まった。ローズは控えめな態度を捨て、ナチスを偵察するためにどのように振る舞ったかを、フォン・ベーアの仰々しさ、ローゼの尊大さ、フォン・イングラム夫人の媚態を真似ながらロリマーに語った。ロリマーは大笑いし、その純真さと勇気に信じられない思いになったり、魅了されたりした。それでも彼女は、自分の記録文書を見せなかった。

数日が経った。今度はローズがロリマーをナヴァール通りの自宅に招いた。ロリマーはカルティエ・ラタン沿いの彼女が住むマンションまで自転車を走らせた。そこは随分と人気のない場所に見えた。もし、ゲシュタポが彼女をこの家で暗殺しようとしたなら、誰も気づかなかっただろうと想像してぞっとした。手狭なアパルトマンのなかでは、鍋が湯気を立て、ランプが弱い明かりを放っていた。大きな船の模型が目を引く。テーブルの上には数本の花を生けた花瓶、コニャックの瓶、オーブンから出したばかりのクッキー、アメリカ製の煙草が一箱あった。彼女はその箱を一晩でほとんど空にした。占領中に喫煙の常習者になってしまったのだと打ち明けた。「煙草はすごく高いし、咳が出るけれど、もう、吸わないではいられないの」と言って微笑んだ。

リビングはすっきり整えられ、生活感があまりない印象で、誰かと一緒に住んでいるようには見えなかった。ロリマーは戸口にコートが数着掛けてあるのに気が付いた。ローズのとは違う香りがほんのりと漂っている。女性の香りだ。彼女は私生活についてはこれまでも何も語らなかったし、ロリマーも仕事に関係のない秘密を聞きだすつもりはなかった。二人はフランスが占領されていた忌まわしい数年間のこと、それぞれの軍のこと、ドイツの将来などについて語り合った。ローズは饒舌だった。ドイツでの戦闘が差し迫っているから、できるだけ早くドイツに発ったほうがいいとロリマーに言った。さらなる略奪や破壊を避けるために、連合国軍や親衛隊より先に保管されている美術作品を見つける必要がある。あと数週間の問題だ、そうしないとスパイをした四年間が無駄になってしまうだろう。たとえ、それを認めるのが苦痛だとしても、ヨーロッパに来たばかりのこのアメリカ人は、ローズが守ろうとしていたものを手に入れるために、彼女よりいい武器を持っていた。

ローズは席を立ち、自分の部屋に向かった。ロリマーは引き出しを開け閉めする音を聞いた。彼女は文書や写真で膨らんだファイルをいくつも抱えて戻って来ると、ロリマーの前に顔写真をタロットのカードのように並べた。シャンパンを一緒に飲んだ晩に話していたERRの将校たちの写真だ。全員の写真が揃っていた。ローゼンベルク、スキードラウスキー、フォン・イングラム、ローゼ、それぞれが写真を撮るために誇らしげにポーズを取っている。どの人物も、尋問し、説明を求めるために、ドイツで探し出す必要がある。もっと分厚いファイルには、送り状から訪問者のリストまでジュ・ド・ポーム美術館から持ってくることができたあらゆるものが入っていた。最後に彼女は最も大切なものをロリマーに渡した。ドイツの保管所の場所だ。ERRに略奪された古文書や作品はすべてホーエンシュヴァンガウ城とノイシュヴァンシュタイン城、そしてブクスハイム修道院にあることがわかった。保管所はすべて、ロリマーが配属を望んでいたアメリカ第七軍が包囲しているドイツ南部にあった！

一瞬、ロリマーは躊躇した。どうして彼女はこれほど確信を持つことができるのだろう？　ローズはこれらの証拠は女性のちょっとした勘よりずっと確かだと反論した。

ロリマーはファイルを受け取ると、彼女のアパルトマンを出た。ロリマーの要望を受け入れて、ローズは書類のコピーをＳＨＡＥＦ（連合国派遣軍最高司令部）に提供した。ローズが恐れていたように、それらの書類は戸棚の奥にしまわれたまま忘れられた。彼女が直感も書類も信じないのはもっともだ。信じる価値があるのは、現場での個人としての行動だけだ。

ジョイスが帰宅すると、ローズはある考えについて話した。ジョイスは驚かなかった。二人は、真夜中にゲシュタポの警官の不意打ちを食うこともないまま、占領時代を生き抜いてきたのだ。二人は誰からも告発されることなく、ヴァカンスや旅行の計画を先延ばしにしながら、背筋を伸ばして、それぞれ仕事に打ち込んできた。パリが解放されて、四年の間、二人に重くのしかかっていた不安から解き放たれた。パリは確かに解放された……。だが、戦争は終わっていない。また別の戦いが始まったばかりだ。ジョイスはローズの話を聞きながら、彼女はもう決心しているのだ、自分の許可を待っているわけではないと察した。

ローズは、自分もドイツに行こう、そして、できるだけ早くフランス軍と合流しようと決心した。

廃墟のなかの財宝

ロリマーはパリに滞在中、戦争が終わったような印象を受けた。一九四五年四月にドイツに着くと、そんなことはまったくないことがわかった。昼も夜も、この国を偵察する飛行機が飛び交い、戦争は震源地に集中している。そこはまるで死に瀕している巨大な負傷者のようで、都市にも農村にも、人々の顔にも血の痕が残っている。パリでオスマニアン様式のエレガントな外壁を愛でたあとに、爆撃を受けた建物のむき出しになった骨組みや、口をあんぐり開けているドアや窓を見て仰天した。その窓もドアも、かつてはリビングの温もり、寝室の安心感と向き合っていたに違いない。

ロリマーは荒涼とした広いドイツの領土に車も資金も持たずに到着した。だが、同僚たちは熱狂的に迎えてくれた。そのなかの一人、アメリカ第一軍に配属されたジョージ・スタウトとはノルマンディーで出会っていた。エネルギッシュで有能なスタウトは美術品の修復・保存技術分野ではよく知られた専門家だ。彼は第一次世界大戦時にも従軍した唯一の「モニュメンツ・マン」だ。

ローズがリストアップした隠し場所のほとんどは連合国軍が解放した地区にあった。彼女の調査から漏れた隠し場所もおそらく近くにあるだろう。時間が迫っている。というのは、自分専用の掩蔽壕《えんぺいごう》に籠ったヒトラーが残忍な命令を出したからだ。その命令は、敗北した場合に交通機関、通信機関などすべてを敵の手に渡すくらいなら、むしろすべてを破壊しろというものだった。別の脅威もあった。ドイツ人が撤退の途上で見つけた作品を破壊するかもしれない、あるいはソ連軍も進軍しながら戦利品として横取りするかもしれない。

アメリカ第七軍はミュンヘンに入ったが、すでに遅かった。総統官邸は市民に、さらにはドイツ兵やアメリカ兵に荒らされていた。ナチスのかつての本拠地にはロチルド家やシュロスのコレクションの一部が保管されていたはずだが、あるのは瓦礫の山だけだった。一つだけ、顔写真や書類で埋め尽くされている部屋があった。プロパガンダ用の資料だ。床には、踏み付けられた跡が生々しい何百個というヒトラーのメダルが投げ捨てられてあった。

スタウトは驚愕するような隠し場所をいくつも見つけたとロリマーに語った。最初に見つけた隠し場所は、ローズがタイミングよくロリマーに渡した資料のおかげで特定されたものだ。四月二日、第一軍に配属された「モニュメンツ・メン」の一人、ハンコック大尉はケルン近郊のシーゲン銅山に赴いた。そこは、おそらく保管所があるはずだとローズが指摘したところだった。彼女の指摘は立証された。ハンコックはそこで、ラインラント美術館のかびに覆われた絵画や彫刻、貴重な装飾、七六六点を見つけた。しかし、そこでドイツ市民に出会うとは思いもよらなかった。

彼らはじめじめした坑内に潜んで、自分たちの時代が来ることを信じて生活していたのだ。連合国軍は何はさておき、美術品に対するのと同じ気遣いで彼らを避難させた。

同じ週に、メルカースで、助産婦を探していた二人のドイツ人女性をアメリカ兵が逮捕した。二人を釈放すると、そのなかの一人が礼を述べながら、すぐそばの岩塩坑に貴重なものが隠されていると打ち明けた。兵士らは地下七百メートルのところまで駆け込んで行った。真っ暗ななか、ランプの明かりの先で何かがキラリと光った。奥に眠っていたのは二百トンの金塊だった。積み重なった金塊に沿って慎重に進んでいくと、いくつもの山積みにぶつかって思わず立ちすくんだ。よく見ると、それは結婚指輪と金歯の山だった。ほかにも、ドイツの主要な美術館から運び出された四〇〇点の絵画やデューラーの彫版画、マネの《冬の庭にて》、また神聖ローマ皇帝フリードリヒ二世のものだった国家財宝もあった。アイゼンハワーが自らその岩塩坑を訪れた。彼はキラキラ光る冷たい金塊の破片を避けながら、数点の絵画の前に立って写真を撮らせた。

ロリマーは到着が遅れて、こうした最初の発見に立ち会えなかったことを悔やんだ。幸い、シュトゥットガルト近郊のハイルブロン岩塩抗をはじめ、見つけるべき保管所がまだたくさんあった。ドイツの資料によれば、ハイルブロンにはストラスブール大聖堂のステンドグラスなど、とくにアルザスで盗まれたものがあることが明らかになっていた。四月十六日、ロリマーは武装兵士を伴ってその地に赴いた。このゴーストタウンでは、ドイツ国防軍の兵士がときおり見張り場から飛び出して発砲してきた。夕暮れ時になれば危険が増す。伏兵にとって丸腰で歩き回るアメリカ人を標的にするのは容易いことだろう。

爆撃で破壊されたハイルブロンはほとんど焼け野が原で、岩塩坑はすでに侵入者らに荒らされていた。ロリマーは不安を押し殺して、薄暗い坑道を長い間くまなく調べ、湿った空洞の入り口をいくつか見つけた。それらの空洞を一つまた一つと歩き回っているうちに、レンブラントの《獄中の聖パウロ》、ベルギーやオランダやフランスなどで盗み出されたルーベンス、クラナハ、そのほかの作品を次々と見つけた。そこを去った直後に足を踏み入れたコッヘンドルフ岩塩坑は、先の岩塩坑ほどの損傷はなく、いきなりグリューネヴァルトの《シュトゥパハの聖母子》が目の前に現れた。その後ろにはドイツで没収されたいくつかの作品が並んでいた。ドイツ人は自国の美術遺産を最大限の配慮をしてすべてドイツ国内に残したのだとロリマーは思った。

ロリマーはアメリカ軍がフュッセンに到着するのを今か今かと待っていた。「ERRの最も重要な保管所はバイエルン州のフュッセンを見下ろすホーエンシュヴァンガウ城とノイシュヴァンシュタイン城という二つの城にある」とローズが語っていたからだ。ロリマーは、そこに一九四〇年以降に略奪されたコレクションの大部分と、ERRの記録文書や目録があるに違いないと目星をつけていた。それらは、返還任務に欠かせないものだ。

五月一日、ついに道が開かれた。ロリマーは赤十字のジープを借りることができたため、アルゴイの田園地帯を突っ走った。道は曲がりくねり、いくつもの橋が爆破されていたため、目的地まで大きく迂回しなければならなかった。途中、ローズが書いた指示に従ってブクスハイム修道院に立ち寄った。そこには一人の司祭と数人の修道女、そして二十数人の孤児が住んでおり、桁外れに大きい納戸には、ヨーロッパ各地から運ばれてきたさまざまな貴重な装飾品やルネサンス期の家具が積み重ねられてあった。ドイツの敗北を不満に思っている修道院長はロリマーを追い払おうとしたが、一人の女性が合図をして、彼を脇に呼んだ。

マルタ・クラインはケルン美術館の絵画修復家だ。運搬の際に傷付いた作品を修復するために、この修道院のなかに小さなアトリエを構えていた。テーブルの上には絵葉書サイズのレンブラントの絵が置かれていた。彼女は修道院の秘密の場所に案内してくれた。そこで、またもやローズの情報が正確であることが証明された。フランスから送られてきた木箱が数個あったのだ。そのなかには、ダヴィッド＝ヴェイユ・コレクションのブロンズ像数点、ロチルド・コレクションのタペストリー数点、フラゴナールの絵画七点、ドラクロワの絵画二点、ゴヤの絵画二点を含む数百点の絵画が収められていた。これらはすべてノイシュヴァンシュタイン城になかったものだ。マルタ・クラインは、アメリカ人が探しているもののほとんどは有名なノイシュヴァンシュタイン城にあると言った。ところが、この後で訪れたオーストリアのアルタウスゼー岩塩坑にははるかにたくさんの財宝があった。

ほかの「モニュメンツ・メン」らも応援に駆けつけ、共にフュッセンに向かう途中でロリマーはクルト・フォン・ベーアの死を知った。パリ解放時に逃亡したジュ・ド・ポーム美術館のERR元隊長は妻と共にリヒテンフェルスのバンツ城に避難していた。バンツ城にアメリカ軍が到着すると、フォン・ベーアは自分の記録文書を自ら連合国軍に差し出した。その後、フォン・ベーア夫妻は、毒を入れた一九一八年もののシャンパンを飲んで、ある意味堂々と死んでいった。

五月四日、ロリマー一行がフュッセンに着いたときには、ほとんどのドイツ人は逃げ去っていたが、残った者たちは抵抗することなく降伏した。一行は、平和な時代には美しかったに違いないこの中世の村の小径をゆっくりと車で進んでいった。

ロリマーは頭上を見上げた。木々の間に身を隠していたノイシュヴァンシュタイン城の幻想的なシルエットが突然現れたかのように聳え立っていた。およそ一世紀前、ドイツは常軌を逸した妄想家だが穏やかで温厚な王にすでに統率されていた。バイエルンのルートヴィッヒ二世は、空想の世界に熱中するあまり、権限、さらには自由を奪われるまでは真面目に君主の役割を果たしていた。自分が憧れているゴシック様式や中世の英雄物語、ワグナーのオペラの要素をごちゃ混ぜに取り入れた城を自ら設計し、実物大の装飾を施した。その完成を待たずに、真相は不明なままだが、死体となって発見された王は、この城で数日間しか過ごさなかった。彼が主に過ごしたのは、オークル色の外壁が特徴の、すぐそばに建つホーエンシュヴァンガウ城だ。

アメリカ兵らは大きな正門に続く曲がりくねった狭い道を上っていった。ルートヴィッヒ二世の常軌を逸した妄想から生まれたこの城は奇跡的に無傷で、爽やかな春の日差しを浴びて輝きを放っている。城壁がないことに兵士たちは驚いた。ここには、絶望のあまり敵意すら示そうとしない数人の守衛が住んでいた。その一人、高齢の男性がアメリカ兵らをなかに導き入れ、長い廊下を歩きながら数えきれないほどの部屋の扉を開けて案内してくれた。

ロリマーは、次々と目に入る素晴らしい絵画、家具、装飾品の数々に驚いた。狭い螺旋階段を上ると、王の死後、空いたままになっていた部屋がいくつもあったが、今は、略奪されたものと思われる作品と爆撃から守るためにバイエルンの美術館から移された数千点の作品が天井までぎっしり積み上げられていた。モーリス・ド・ロチルド所蔵のルネサンス期の宝飾品やダヴィッド＝ヴェイユ・コレクションの銀製品が収められている小箱もいくつもあった。部屋の四隅には家具、タペストリー、写本、全巻揃った叢書などが積み重ねられ、その下には何千点もの美術作品が置かれている。正確には、五二八一点の絵画を含む二万一九〇三点だ。ロリマーは油彩画や彫版画、デッサン、値のつけられないほど貴重な煙草入れが目の前で踊っているように見えた。目に余るほどたくさんの豪華な品々を前にして、めまいを覚えた。

城の一方の翼棟で、ロリマーは思わぬ掘り出し物を見つけて我に返った。ある部屋にERRの写真のネガ、そのほかの記録文書などが保管されていたのだ。戸棚を開けて資料を手に取った。これらの資料にすべての財宝の将来がかかっている。写真、目録、膨大な数の情報カードは、ナチスが略奪品をどれほどマニアックに管理していたかを示していた。ERRがフランスで没収した作品の情報が、作品ごとにそれぞれ一つのカードに記されており、戸棚には何万点分もの資料が保管されていた。

「王座の間」と「王の居室」だけは元のままだった。ルートヴィッヒ二世はかつてないほど多くの芸術品で満たされた城を見たかっただろうとロリマーは思った。これらの財宝が自分の城に到着したおぞましい状況を知らなくても、王は世俗的なものに無関心であり続けただろう。

ロリマーは自分がちょうど良いタイミングで到着したことに気が付き、記録文書が保管されている部屋に誰も入れてはならないと命令した。翌日、各部屋のドアを閉じ、施錠し、「Semper fidelis（つねに忠実であれ）」と書かれたロチルド家の紋章で封印した。そして階下に降りると、直近の訪問者名簿を調べた。見張り番をするためにやって来た一人の農夫が、前日の晩に「村の博士」を見たと打ち明けた。ローズが、フュッセンの保管所の責任者だと顔写真を見せてくれたギュンター・スキードラウスキーに違いない。その農夫は、「博士は麓のシュヴァンガウという村の修道女たちが運営している老人ホームにいる」と付け加えた。

ロリマーとアメリカ兵らはその施設に赴き、上級修道女に迎えられた。この修道女の説明によると、二人の男性、スキードラウスキー博士とローゼが泊めて欲しいと頼み込んできたが、信頼できる人のように思えないということだ。修道女は、「ローゼという男性にはとくに気を付けたほうがいいですよ」と小声で話しながら、二人を彼らの部屋に案内した。ベッドに横たわり、衰弱しているように見える二人は、アメリカ軍人を見ても何の反応も示さなかった。おそらく、連合国軍は当局の指示なしに彼らを捕虜にすることはできないことを知っているのだろう。ロリマーは慎重に曖昧な態度を保ち、ノイシュヴァンシュタイン城で見つけた作品については何も質問しなかった。

次の週、ロリマーは彼らに正面切って尋問するため、ＳＨＡＥＦ（連合国派遣軍最高司令部）の将校二人と共にその施設を再訪した。ローゼは胆石摘出の予後が悪く、泣き言を言いながら、嘘をついたり、否認したり、はぐらかしたりしていた。ロリマーは一時、スキードラウスキーと二人だけになった。かつてのＥＲＲの責任者、ギュンター・スキードラウスキーは命拾いしたい一心で妥協し、ロリマーに重要な書類を渡した。それはヒトラー、ローゼンベルク、ゲーリングが発した数々の命令、フランスやそのほかの国でのＥＲＲの活動を網羅した報告書などだった。ロリマーは夜を徹してそれらの書類を読み、次第に昂る感情に囚われた。それらはナチによる略奪の反論の余地のない証拠となるものだった。

書類を元に戻すと、ロリマーはジープに飛び乗り、出発した。できる限り早くアルタウスゼーに到着し、フュッセンを凌ぐと言われる岩塩坑の探索の準備に取り掛からなければならない。

そのとき彼はまだ知らなかったが、ほとんど同じ頃、ローズ・ヴァランもドイツに到着していた。

岩塩坑の奥に金の光線

ドイツ国はガタガタと音を立てて敗北へと崩れ落ちていった。ドイツじゅうが爆撃に晒されていた。何百万という爆弾が雲の間から落ちてきて、橋、線路、工場、建物、あらゆる生きとし生けるものを吹き飛ばしていく。警報に恐怖をかきたてられ、衝撃音の波動に耳を聾されるなか、破壊は頂点に達していた。ベルリンの自分専用の掩蔽壕に立て籠ったヒトラーには、この崩壊は頂点に達していた。

ヒトラーにとって、瓦礫の下に埋もれた国民は戦争の巻き添えになった被害者にすぎなかった。彼は国民のことなど、結局どうでもよく、むしろ自分のコレクションの運命のほうがずっと気がかりだった。ヒトラーは、リンツ美術館のために粘り強く獲得してきた自分の数万点の美術作品をアルタウスゼー岩塩坑に保護するようにという命令を出した。一九四四年五月から十月までの間に、ドイツ国の物質的資源や人材が枯渇していた頃、一七八八点の作品がミュンヘンを発ち、危険な道を突き進んだ末に地下に埋められた。

ゲーリングも保護できるものは可能な限り保護しようと動き回った。自分の財産、妻のエミー、娘のエッダ。まずは財産だ。カリンハルの敷地がとんでもなく広いため、作業は困難を極めた。カリンハルに置かれていた家具類、カリンハルを飾っていた装飾品のすべてを屋敷から緊急に運び出さなければならない。ゲーリングは絵画七三九点、彫刻六〇点、タペストリー五〇点を三本の特別列車に積み込ませ、ベルヒテスガーデンに向かわせた。ベルヒテスガーデンはナチスの高官たちに好まれた別荘地で、ゲーリングはヒトラーの山荘、ベルクホーフから遠くないところに別荘を持っていた。一本の列車は、途中、貨車の積荷をトンネル内に隠したが、列車はトンネルの外に留まり略奪者に晒されることとなった。別の列車は、隠し場所に事欠かないアルタウスゼーに向かった。それほど重要でない多くの作品や重すぎたり大きすぎたりする家具や彫刻は屋敷内に残された。その後、ゲーリングは自分の領地を爆破した。

四月末、ヒトラーの最後の誕生日を祝うため、ゲーリングは掩蔽壕で首脳陣と合流した。絵画を贈ったり、祝いの言葉を交わしたりしながら、幸運を祈ることなど、もうどうでもよかった。それでもゲーリングは独断で芝居を演じてみせた。誰も聞いていないことに気が付きもしないで。ソ連軍が接近していたがゲーリングは戦うつもりはなかったし、ましてや汚臭で窒息しそうな地下壕で死ぬ気もさらさらなかった。ドイツ南部で警戒に当たるという表向きの理由で、ベルヒテスガーデンに戻る許可をヒトラーからもらった。彼は何としても家族と自分の財宝のもとに行くつもりだった。ゲーリングは大勢の部下、美術品で満杯のトラック七台を従えて装甲リムジンでベルリンを去った。この仰々しい一行は包囲された都市を奇跡的に抜け出すことができた。

党の首脳陣が顔を曇らせて、ソ連軍の襲撃、粉砕された工場、避けようのない敗北についてしきりにヒトラーに語りかけても、ヒトラーはリンツの複合施設の模型に血走った目を向けて腕を震わせるだけだった。模型の総統美術館に慈しむような視線を投げ、真っすぐに伸びる数本の道路をじっと見つめていた。ヒトラーはまだ、多くの努力を捧げた末に（それはもちろん国民の幸せのための努力なのだ）、完成した美術館の落成式のことを考えていた。彼は遺書で、そのことを恩知らずどもに明言することだろう。「ヒトラーのコレクションは自分のためにあるのでなく、千年は続くに違いないドイツ第三帝国の芸術的象徴、ゲルマン民族を賛美するこの美術館のためである」と。

正気を取り戻したほんの一瞬に、ヒトラーは敗北が避けられないことを悟った。朦朧とした状態で、ゲーリングが自分に代わって敵と交渉すべきであると伝えさせた。その通知を受けたゲーリングは躊躇した。総統は一九四一年に署名した命令で、自分が権限を行使できなくなった場合の後継者にゲーリングを指名していた。ずっと以前は、そのような名誉は自明の理だと思われたが、果たして、そのときが来たのだろうか？　ゲーリングは電報でそのことを確認した。電報を受け取ったのはヒトラーの個人秘書、マルティン・ボルマンだった。ゲーリングを忌み嫌っていたボルマンは、裏切りの確たる証拠だとヒトラーにその電報を見せた。ヒトラーは無気力状態から脱して怒鳴り散らした。「あの裏切り者の職を解け、党から追放しろ！」。その少しあと、ヒトラーは頭を拳銃で撃ち抜いた。パリでコルティッツ将軍がしたように、アルベルト・シュペーアはヒトラーの残虐な命令が適用されないように図らった。ドイツに残っているわずかなものは破壊されずに済んだ。

ヒトラーは死亡し、命令はそのままだ。ボルマンは、姿を消す前にゲーリングを大いなる裏切りの罪で逮捕するよう指示を出した。国家元帥は、連合軍がオーバーザルツベルクを爆撃する直前にナチス親衛隊に捕らえられた。彼を不健康な地下壕に匿った看守たちは、もっと快適な拘留場所を選んではどうかとゲーリングに提案した。ゲーリングは喜んで、自分の代父の昔の居城であるマウテルンドルフ城を選んだ。子供時代をそこで過ごしたゲーリングは中世の騎士に憧れたものだった。そこで、ヒトラーが自殺したことを知ったゲーリングは自分自身のことを嘆いた。「これでもう、僕が裏切ったと言われている話は誤解だと総統に説明できなくなった！」

城での生活は長く続かなかった。ゲーリングは連合国軍に逮捕され、拘留された。親衛隊に寛大に扱われたあと、敵に武器や勲章などの装飾品を渡さなければならないという屈辱を受けた。自分の切り札を奪われても、相変わらず自尊心が強かったゲーリングは、自分がすでに国家元帥ではなく、何であれナンバーツーなどでもなく、単なる戦争の捕虜にすぎないことを理解しようとせず、アイゼンハワーに手紙を書いて、休戦について話し合う元帥同士の会談を開こうと提案した。

シュペーアは確かにドイツ全土の破壊を避けることはできたが、地方では依然として危険な火種がくすぶっていた。ヒトラーの死後、今度は、オーバードナウ大管区指導者で、狂信的なナチ党員のアウグスト・アイグルーバーが、アルタウスゼー岩塩坑を敵に残すくらいなら、と焦土化政策を重視した。まもなく、爆発物が詰まった「大理石」と記された木箱がトンネルの入り口を塞いだ。ところが、オーストリアの坑夫たちは自分たちの作業場を守りたいと強く願っていた。彼らは爆弾を撤去し、入り口を塞ぐために一個だけ爆破させて、あたかも坑内が完全に破壊されたように工作した。

「モニュメンツ・メン」のロバート・ポージーは、この岩塩坑の存在を複数の情報源、自殺する直前のブンイェス博士、ルクセンブルクの美術商、トリーアで尋問した学生などから聞き知っていた。またSHAEFのリストからヘントの祭壇画がアルタウスゼーにあることもわかっていた。アルタウスゼー岩塩坑はアメリカ第三軍の管轄区域内にあるため、ポージーは五月初めに当地に最初に到着した。ロリマーが到着したときには、岩塩坑は口をあんぐり開けていた。

坑内には出入りが自由になった低く狭い坑道に沿って線路が伸びていた。ロリマーは貨車のなかにしゃがみ込んで重苦しい暗闇に呑み込まれながら、爆発で崩れ落ちた岩の堆積に沿って進んでいった。光が差し込む開口部は広大な部屋の入り口を示していた。なかには、複数の美術館の収蔵品を全部合わせたのと同じくらいの数の美術品があった。床から天井までとどく木製の棚に、五年間にヨーロッパ各地から持ち去られた信じられないほどの量の美術品が並べられてあった。ロリマーはそのなかに、ドイツ軍が一九四四年にベルギーを去るときにブルージュで奪い去ったミケランジェロの《聖母子像》とブリューゲルの《盲人の寓話》があることに気が付いた。またルーベンス、ティツィアーノ、レンブラントの作品、それからヒトラーが総統官邸のオフィスに掛けていたフェルメールの二点の作品、つまり一九四〇年にハンス・ポッセの仲介でウィーンのコレクター一家から安価で購入した《絵画芸術》と同年にエドゥアール・ド・ロチルドのコレクションから略奪し、ジュ・ド・ポーム美術館に運ばれた《天文学者》もあった。《天文学者》はジュ・ド・ポーム美術館で「第三帝国の所有」と宣言されたあと、忌まわしい小さな鉤十字の印が押されたが、それは現在も額縁の裏に残っている。

岩塩坑の薄明かりのなかで、ロリマーは大きなパネルにランプを向けて照らした。《神秘の子羊》が黄金の後光のように光を放っていた。兵士たちはファン・エイク兄弟のこの作品の静謐な荘厳さの前で足を止めた。制作された一四三二年以降、神聖視されているこの作品は、フランス南西部のポー美術館から略奪されるまでに、何度も盗難に遭ってきた。戦争のせいでこの貴重な祭壇画は粗末に扱われ、パネルの一つは台所のテーブルに使用するためにひっくり返され、別のパネルにはひびが入っていた。この岩塩坑に集積された作品の正式な修復家、カール・ジーバーが現場で作業を始めた。この岩塩坑がすべて爆破されるのを救うため、曲がりくねった坑道と坑内の無数の部屋の正確な地図を作製してオーストリアのレジスタンス活動家を誘導したのは、ヒトラーにもナチズムにも関係のないこの小柄な男だった。

「モニュメンツ・メン」のジョージ・スタウトが作成した目録によると、この岩塩坑には「絵画六五五七点、デッサンと水彩画二三〇〇点、版画九五四点、彫刻一三七点、武器や武具一二九点、タペストリー一二二点、家具七八点、かご細工七九点、おそらく記録文書が入っている木箱四八四個、書物の木箱一八一個、書物あるいはそれに類するものと思われる木箱一二〇〇から一七〇〇個、まったく見当がつかない木箱二八三個」があると推測された。この数千個におよぶ木箱のうち、フランスから運ばれたものは九九二個である。アルタウスゼー岩塩坑には、全部で四万二千平方メートルの略奪された芸術資産が保護されており、その総額は三〇億ドルと見積もられた。それらをダイナマイトが永久に消え去らせてしまったかもしれないのだ。

米兵たちは、坑夫たちの助けを借りて、午後からの半日で、二〇〇点の絵画を地上に引き上げ、ミュンヘンに移送した。ナチ党の旧本部は鷲の紋章と鉤十字が取り外され、アメリカ占領地区で回収されたすべての作品を故国に送るまでの間、一時的に保管する新しい保管所、つまりコレクション中央集積所になった。ロリマーは、この場所にヒトラーのコレクションが保管されていたことをローズから聞いて知っていた。建物を改修するという新しい任務はロリマーを喜ばせた。なにしろ、見つけたコレクションを迎えるのにふさわしい状態の適切な規模の建物はほかになかったのだ。

毎日、いくつもの輸送隊がアルタウスゼーからミュンヘンに向かって出発した。数台のトラックが山道を全速力で下り、鉱山や伏兵を避けて、神の庇護のもとにあるかのように峡谷すれすれに走っていった。塩の部屋が空っぽになり、その場が本来の役割を取り戻すまでに数週間かかった。最初の年は、このコレクション集積所の複数の建物に二万点の作品が保管された。七年の間に、あらゆるカテゴリーの一〇〇万点の美術品がこれらの建物に留まり、やがて出発していった。故国への旅のため、作品は細心の注意を払って梱包された。《神秘の子羊》はベルギーが解放された直後、ヘントの聖バーフ大聖堂に戻った。《天文学者》はフランス軍に渡され、フランス軍が所有者のもとに返還した。ロチルド家は、ノイシュヴァンシュタイン城やアルタウスゼー岩塩坑などに散逸していたコレクションのほとんどを取り戻し、数点の作品はルーヴル美術館の供託財産になっている。

ヒトラーのコレクションは破壊された状態で見つかった。ナチスがもはや誰のコレクションにもならないようにと無理やり刻印したおぞましいマークは消えていた。ゲーリングのコレクションは残っていた。ロリマーに尋問されたブルーノ・ローゼは自分の元庇護者であるゲーリングの秘密の隠し場所は知らないと白を切った。だが、ヴァルター・アンドレアス・ホーファーなる人物がきっと教えてしまうことだろう……。

野外美術館

　フランス第二軍はベルヒテスガーデンに向かった。ロリマーがその場に着くと、ヒトラーの「鷲の巣」の上で三色旗がはためいていた。オーバーザルツブルク地方は雄大なアルプスのような風景で、少し前まで爆弾を避けることができると信じて、多くのナチスの高官が避難していた。ロリマーは、彼らがこの高地に執着したことで、海外拡張主義の妄想を膨らませることができたのだろうと理解した。ヒトラーは、気持ちを落ち着かせるのに最適なこの環境のなかで大量殺戮政策を打ち出したのだ。自然の美しさは、情熱と偏執、純真さと憎悪、信念と横暴が混在しているナチ党員らに死をもたらす妄想しか抱かせなかった。

　ゲーリングの戦利品はすぐ近くにあった。ロリマーはローズのリストがなくてもその場所を見抜くことができただろう。ローズは地図上の正確な位置を示さずに、オーバーザルツブルクとだけ書いていた。家具や古代彫刻が満載された貨車がすでに盗まれたという噂は聞いていた。空になった額縁がその場に散らかっていた。ロリマーはヒトラーとゲーリングの山荘の瓦礫を丹念に調べたが、あまり価値のない装飾品しか見つからなかった。現場にいた連合国軍のフランス人兵士たちは洞窟や掩蔽壕あるいは持ち主不明の木箱のことは何も知らなかったが、何か手がかりが見つかれば協力すると約束してくれた。ロリマーが自分の司令部に戻ると、ちょうど、第一〇一空挺師団がベルヒテスガーデンに到着した。

数日後、ゲーリングが逮捕され、アウクスブルクの捕虜収容所に拘留されているというニュースが入り、ロリマーは計画を変更した。ホーファーを探すことはもう優先事項でなくなった。だが、ゲーリングのような捕虜に接見させてもらえるだろうか？

驚いたことに、第七軍連隊長は彼の質問をゲーリングに伝えることに同意してくれた。ロリマーは何よりも元国家元帥が彼のコレクションをどこに隠したのかを知りたかった。ゲーリングに口を開かせるには、彼自身もついに犠牲になったこの戦争の思いもよらない状況から彼のコレクションを守りたいのだということを口実にすればいいだろう。ロリマーは、ナチスのほかの高官たちが略奪した作品がどこにあるか、また、誰にコンタクトを取れば、一九四〇年以降ドイツに送られたおびただしい数の財宝に関する情報が得られるだろうかと尋ねるつもりだ。

独房で、勲章などのアクセサリーを奪われ、モルヒネと薬の禁断症状に陥っていたゲーリングに尊大さはなかった。ときおり、持ち前の陽気さを取り戻し、とりわけ彼のコレクションなどについて尋ねられると、ほとんど協力的にべらべらしゃべり出した。フランス人将校のゾレール大尉はゲーリングの言葉を書き留めて、ロリマーに報告した。彼は無邪気にこう答えたという。「私が富を積んだのは、芸術の並外れた愛好家だったからにすぎません。だから、自分が死んだらカリンハルを美術館にするつもりでした。占領国では宝飾品や作品はそんなに高価ではありませんでした。（作品が保護されることに）どうして抵抗するでしょう？」

「相場が上がり始めたら、自慢したものですが、美術商の泥棒どもに騙されないように狡猾に立ち回らなければなりません……。それに、私はたくさんの贈物を受け取ってきましたし、交換取引もしてきました。しかし、自分が知る限り、そのことで誰にも迷惑はかけていません。フランスから奪ったものについては、はっきりしています。フランスから持ってきたのは自分のコレクションのせいぜい一パーセントです！　しかも私は、フランスの美術館の館長たちが防空壕を自由に使用できるように大いに支援してきました……。確かにルーヴル美術館所蔵の彫像一点と絵画一点を手に入れるために交換取引をしました。でも、圧力などは決してかけていません。私はそんなやり方はしませんよ」

ゲーリングはジュ・ド・ポーム美術館の最も美しい作品数点をバイエルン州、ミュンヘン、ベルリンに送ったことは認めた。おそらくほかの目的地もあっただろうが、彼はそれを知らなかった。「ジュ・ド・ポーム美術館に残っていたモダンアート作品は競売に掛けられ、自分も適度に値上がりした数点を購入しました。もちろん、ほかの仲介者を通して作品を取得したこともあります。画廊とか、城とか、個人的な場所で……。それは別に禁止されていないでしょう？」

長々と一人でしゃべった末に、ゲーリングは自筆の宣言書に署名した。そこにはこう書かれていた。「コレクションの大部分は先月、ベルヒテスガーデンに送ったが、コレクションが安全に保管される前に自分は逮捕された。ジュ・ド・ポーム美術館で取得した作品はすべて返却し、できる限りそれらを見つける手助けをすることを約束する」。最後にゲーリングは、それらの捜索を容易にするために連合国軍がホーファーを尋問することに同意した。

ロリマーは新しい命令を携えてベルヒテスガーデンに急行した。「モニュメンツ・メン」たちは鉄道のトンネルのなかで数台の貨車を見つけていた。もう一台が駅に停車していた。全部で六ケ所の隠し場所にゲーリングが（カリンハルから）寄せ集めた作品すべてが保管されていた。ある地下壕に収められた作品は湿気でびしょ濡れだった。五十代の私服姿の白髪の男性が作業に加わっていた。ヴァルター・アンドレアス・ホーファーだ。彼は連合国軍のガイド役を気取っていた。

危険な人物ではないと連合国軍に判断されたホーファーことゲーリングの元コレクション・ディレクターは、半分自由の身で、兵士たちと絵画の間を静かに歩き回っていた。その絵画は彼がゲーリングのために取得し、十年間、管理していたものだ。ホーファーは、修復家である妻と共にロリマーに自己紹介し、征服者に釈明をする際に寛大に扱ってもらうことを期待して、気に入られようと努めた。ホーファーは荒らされた貨車の方に彼を案内し、散乱した数千点の書類のなかから有益な情報を探す手伝いをした。ロリマーは数日後、そこに一人で戻った。ホーファーの不正な行為の証拠となるような書類があるかもしれないと思ったからだ。

アメリカ兵による荷ほどきが済むと、そこは野外美術館のようになった。彼らが作成した目録には、絵画一三七五点、彫刻二五〇点、タペストリー一〇八点、ステンドグラス七五点、装飾品一七五点が記載された。《マグダラのマリア》が感謝の気持ちのこもった穏やかな様子で、それらの作品を見つめているように見えたが、指が二本欠けていた。ゲーリングはルーヴル美術館から奪ってきたグレゴール・エアハルトのこの木彫像を深く愛していた。いくつかの最も美しい作品はウンターシュタインのとある建物に集められてから、ロリマーが躊躇したにもかかわらず、報道陣向けに展示された。ロリマーは作品が傷つけられたり、当然のことのように再び盗まれたりしないかと心配したのだ。一五点のブーシェ、一九点のクラナハ、九点のレンブラント、七点のフラゴナールのほか、十数点の傑作が展示されたが、週刊誌「ライフ」の記者たちは、ドイツ帝国のナンバーツーは随分と豪華に集めたものだというつまらない感想をもっただけだった。

ブーツを履き、ヘルメットをかぶったアメリカ兵たちが大きなカンバスを腕に抱えている様子をカメラマンが撮っていた。ホーファーは彼らのそばで、フランス・ハルスの署名入り肖像画を手にし、顎鬚に沿った描線を専門家らしい手つきで撫でていた。彼は、この素晴らしいコレクションはゲーリングが自ら、まったく合法的に取得したものだと記者たちに断言していた。翌日、ホーファーは報道陣に話しかけることを禁じられた。感情を害したホーファーが元帥のコレクションは引き続き自分が維持管理すると告げると、ロリマーは、このコレクションは誰のものでもない、これからは、ミュンヘンの集積所に移送されるまで自分が責任をもって管理すると反論した。

見つかった書類に紛れて、一冊のごく普通のノートがあったが、「モニュメンツ・メン」たちは危うく見落とすところだった。そのノートには、ゲーリングが収集した作品の目録が丁寧な字で書かれてあり、ところどころ消し線が引かれたり、さまざまな記号がつけられたりしていた。彼の秘書たちが作成したものだ。そこに書き留めてあったのは、一九三三年から一九四四年に取得された一三七六点の絵画、二五〇点の彫刻、一六八点のタペストリーについての詳しい説明、出所、取得条件だ。ざっと目を通すと、ヒトラーからの誕生祝いも含まれていた。ロチルド家の名前は百回ほど現れた。ホーファーの名前はもっと多い。綿密に作成されているこの目録には、作品それぞれの後ろに隠された苦悩の跡は一切見られない。

これらのページは、ドイツの歴史、北欧神話、裸体像、肖像画のパノラマというより、ゲーリングの熱狂、偏執をさらけ出していた。不正な取引や代価が決して支払われていないこともそれとなく示していた。このノートには選別に対するナチスの固定観念が書き留められていることがわかる。ナチスは芸術的な重要性に従って作品を選別していた。最も格調高いものを我が物にするために、略奪したものを選別し、そのほかは闇取引をするか、破壊した。そのうえ、人間をさまざまな民族に従って選別し、「好ましくない」人間を排除したのだ。

「モニュメンツ・メン」たちはドイツ国内で、ほかにも数千にもおよぶ隠し場所を見つけ出した。それらは、城や倉庫、掩蔽壕、どこかしらに停車している列車などだった。ヒトラー体制の信奉者たちはときにその入り口で妨害したため、そこを通してもらうには外交的手段を使わなければならなかった。武器は決して使わずに。

美術大尉

ジープは岩や歪んだ鉄線が転がり、そこかしこに窪みがある道路を揺れながら進んでいた。一九四五年五月、ドイツはあたかも押し潰されたかのようだった。大都市はもはや煙がくすぶる巨大な廃墟、瓦礫の山にすぎなかった。その瓦礫の山にぼろをまとった女性や子供たちがよじ登り、今後は四カ国の外国勢力に頼ることになるこの土地で、もう一日生き延びるのに必要なものを探していた。

ローズは吐き気を催した。初めて足を踏み入れたこの国、音楽や文学や芸術を通して愛していたこの国は、一人の男の狂気によって粉々にされてしまった。塊となって燃え広がる狂気が、強大な国になるという約束を野蛮な奈落に変えてしまった。

ローズはこれほどひどい戦争の傷痕を初めて見た。燃えた車が散乱する空虚な都市にさまざまな音が響いている。小さな家もビルも公共建築物も外壁が剥がれ、瓦礫が散乱する部屋を見せている人形の家のようだ。

市民はわずかに残っている無傷の地下壕に避難して、腹を空かせ、がたがた震えながら何を待っているのかもわからないまま、外国人兵士が来るたびに怯えている。彼らはもはや何者でもないが、それでも、まったく逃れられない恐怖のなかで生きているのだ。

ローズは、切断された脚で濁った水たまりのなかを苦労して歩いたり、冬からずっと続く湿気のなかで怯えながら居眠りしたりしている家族をいくつも目にした。雪解けの春がもたらしたのは、昆虫の大群や慣れっこになった腐敗による汚臭だけだ。勇気ある母親たちは、食べられそうに見える小さな塊茎を鍋に投げ込んで、子供たちに食べさせようとしている。堂々たるドイツ帝国という幻想を抱いて育った大人たちは、暗い井戸から出てきたばかりのように見える。

そこで見たのは、もはや上級民族などでなく、恐れ憎んだ敵でもない一国の国民の姿だ。パリが味わった勝利はもはやここでは意味がない。崩壊した家には、おそらく父親から息子に受け継がれてきたのであろう銅版画や音楽室に飾られた静物画、子供のベッドに青白い光を浴びせている物憂げな油彩画がまだあったのだろう。数世代前に遡る思い出が何回かの爆発で台無しになってしまった。

狼狽した亡霊たちがうろついているこの生気のないドイツで、文化的遺産を保存したいと望んだり、家族全員がいなくなってしまったというのに絵画を探したり、絶望の世界で芸術について語ったりするのは馬鹿げている。それでもローズは任務を果たすために、この事実を自分の目で見、自分の足で実感したかった。フランス軍は「美術担当将校」を募っており、ローズはアメリカ軍がバイエルンに入ったときにそのポストに配属された。中尉に任命され、すぐにフランス第一軍大尉になったローズは、アメリカ第三軍と第七軍に派遣され、ソ連占領地区を除く連合国軍の占領地区を自由に巡回できるようになった。これまで、共通の敵に対抗して結束していた征服国間の関係が東側で緊張し始めていた。

女性用の軍服が用意されていなかったため、ローズは軍服の生地でスカートを自作した。その新しい恰好が彼女に威信や自尊心を与え、ローズは我ながら少し驚いた。

ジュ・ド・ポーム美術館では、アシスタントの控えめな服装でスパイという本性を隠すことに成功していた。身分が変わった今、ローズは後ろに控えているつもりはなかった。ロリマーと同じように、この土地に足を踏み入れ、保管所を丹念に調べ、子供を探し出した母親の目で作品と再会することに情熱を燃やしていた。ＣＲＡ（美術品回収委員会）は何と言っても事務仕事で、解放以来、ローズは資料と取り組んでいた。

ローズがド・ラトル将軍の司令部に行くためにリンダウに着いたとき、ドイツ国は無条件降伏したばかりだった。ローズは、運転手の役目をしてくれることになった才能豊かな画家のジャン・リゴーとすぐに意気投合した。二人の任務は、書面上は簡単なように見えた。つまり、フランスで没収され、ドイツに保管されている作品を回収し、フランスの占領地区にある保管所で管理することだ。ところが、彼らが関心を寄せている保管所はバイエルンにあり、バイエルンはアメリカの占領地区なのだ。

現場では、食料を確保するのも、ガソリンを探すのも、情報を得たり移動の許可をもらったりするのも困難だった。同僚の「モニュメンツ・メン」たちと同様、美術担当将校には自由に使える資金がごくわずかしかなかった。敗戦国ドイツの新しい占領者たちは、多くの都会が煙がくすぶり続ける廃墟と化し、たくさんの死体が腐敗しているようなときに、絵画を保護する役目を担うこのような部隊の存在に無関心だった。しかし実は、ここにいる軍人たちは政治や復讐、領土の分割などには関心がない。敗戦国に派遣された美術の専門家の間で連帯感が生まれ、アメリカ軍は彼らの占領地区にフランス人が入ることをいとも簡単に許可した。

五月十四日、ローズとジャン・リゴー、そして彼の同僚で歴史的記念建造物捜査官のジャック・デュポンは司令部で自転車を借りてフュッセンに向かうことができた。いくつもの都市が荒廃している様子に動転する一方で、ローズはバイエルンの田園地帯を通る長い道に驚嘆した。しかし、その美しさはすぐ、一面に広がる不快な光景と交錯した。このような緩やかな丘、かぐわしい森、のどかな村が広がるなかで、歴史上、最も多くの死をもたらしたイデオロギーが育まれ、称揚されるようになったことをどうして信じられるだろう？　ローズは突然、このアルプスに近い風景に何か大切なものが欠けていることに気が付いた。生き物がいないのだ。それは市民にとってはさらなる打撃だ。戦争が続いた冬に生き残ったのは木々の葉と花だけだった。ドイツの夏は戦勝国の夏に似ていたが、人間がいない。

まず、いくつもの山が現れ、次にノイシュヴァンシュタイン城の塔が木々の間から突然姿を現すと、ローズの憂鬱な思いは吹っ飛んだ。ついにやって来た。数年間、ずっとこの城のことを思い浮かべていたが、いつの日か大尉になって、軍服姿でここにやって来るとは思いもしなかった！　ローズは、騎士伝説のなかの城のように金箔に覆われた美しい装飾に囲まれて暮らしたいという思いからこの城を建て、次第に君主としての仕事から遠ざかってしまったルートヴィッヒ二世に思いを馳せた。するとゲーリングとカリンハルのことも思い出した。穏やかな君主にとっても、おぞましいナチスにとっても、芸術と権力は密接に繋がっていた。人間の理性を変質させるには、こうした情熱だけで十分だった。この二つの結び付きが最悪の状態に達したことが致命傷となったのだ。

城の足元に到着したローズは我に返った。大きな門扉は閉まっていた。ロリマーの命令によって、ここには誰も入ることができない。彼は前日、ここから数百キロメートル離れたアウクスブルクに向けて発っていた。一行は悔しがり、すぐにロリマーを追いかけることにした。彼らのジープは緊急メッセージが届くより速いだろう……。ところが、アウクスブルクに着くと、ロリマーはオーバードナウに呼ばれて行ったばかりだという！　ガソリンは貴重なうえに高価だ。彼らの車はすでにガス欠の兆候を示していた。そこで三人のフランス人将校はロリマーが戻ってくるまで待って、その間にこの地での滞在を利用してここに籠っている元ＥＲＲのメンバーの取り調べをすることにした。

ロリマーは、ローズから聞いていた通りの狡猾なローゼに騙されたわけではなく、もっと長く彼を尋問するため、アウクスブルクに連れて行っていた。ギュンター・スキードラウスキーは自由に行動することを許されていたが、自宅から一歩も出てこなかった。ローズは難なく彼の住所を突き止め、ドアを叩き、毅然とした態度で彼を尋問した。スキードラウスキーは軍服姿のこの女性、パリで見かけたジュ・ド・ポーム美術館の目立たない職員とうまく接することができなかった。しかし彼の陳述からローズは確信した。ERRが没収した作品が今もフュッセンにあり、最も重要な作品はアルタウスゼーに移され、だからロリマーはアルタウスゼーに急行したに違いないことを。スイスで販売されたモダンアート作品については、おそらく今も、闇市場の中心地となったルツェルンにあるだろう。

昔の仲間のことをすべて明かす気になったスキードラウスキーは、ERRの主な仲介人で、リヴォリ通りに画廊を開いていた美術商グスタフ・ロホリッツの居場所を教えた。ロホリッツはローズの細かい質問に、いくらか親しげな表情を見せながら、自分の役割や責任を矮小化して答えた。ローゼと絵画の取引をしたことは認めたが、取引しないなら復讐すると脅されたからだと言う。そのうえ、ゲーリングの共犯者であるローゼは、必ず、少なくとも一点は自分のために取っておいたとほのめかした。ロホリッツは、売った作品については沈黙を守りつつ、売却代金の代わりに受け取った絵画はほとんどすべて保存してあると言った。それらは返却する用意があるし、自分のネットワークを活用してそのほかの交換された作品を探すのを手伝うとさえ言うロホリッツの言葉を三人は信じることにした。彼のような卑怯な男は格好の情報提供者かもしれない。ローゼがこっそり盗んだ作品のことを考えながら、ローズはロホリッツを解放した。ローゼはそのときどきの状況に応じて、作品は爆撃ですべて破壊されたとか、あるいはソ連軍に没収されたとスキードラウスキーに話したのだろう。そんな嘘を平気で言うローゼの狡猾な態度がありありと思い出された。

ついに、三人のフランス人将校はブックスハイム修道院に向かって車を走らせた。そこも、アメリカ人歩哨によってフュッセンに負けないくらい厳重に警備されていたが、内部は何も荒らされていないことが確認できた。ダヴィッド＝ヴェイユのコレクション七二箱が無傷で保管されていた。奇跡的にこの建物は爆撃を受けなかったのだ。したがって、すべてを故国に送還できる見込みがあった。

作品の返還にはまた別の問題がある。返還は各占領地区が責任をもって行うべきなのか、あるいは、ある地区から別の地区への移動の難しさを調整する連合国軍間委員会が担うべきなのか？四カ国の占領地区から成るドイツには法的枠組みは何も存在せず、占領地区ごとの法律はときに矛盾するものだった。連合国軍は最もシンプルな解決策として、次のような手段を講じることにした。すなわち、作品は、それが盗まれた国に送り返し、そのほかの作品はそれぞれの政府が引き受ける。

しかしソ連軍は別の方法を考え、行動した。ソ連の美術館もナチスに略奪され、破壊され、六〇万点の美術品がベルリンに送られていた。赤軍は略奪された作品を回収するだけでなく、ドイツで見つかったその他すべての作品を、戦争の賠償、自国の数百万人の死者に対する補償として、その来歴を考慮することなく没収するために「戦利品部隊」を設置した。アメリカ軍がアルタウスゼーの隠し場所を見つけた頃、ソ連軍の戦利品部隊はドレスデンの画廊のコレクションを見つけていた。そこには、レンブラント一点とラファエロの《システィーナの聖母》を含む一七〇〇点の絵画があり、この作品はモスクワのプーシキン美術館に送られた。ソ連軍はベルリン歴史・先史博物館にあった書類や黄金の装飾品、ベルリンの二つの重要な保管所で見つけた個人コレクションの絵画三〇数点にも手を付けた。そのなかには、ゴヤ、グレコ、クールベ、ドラクロワなども含まれていた。一九四五年末、戦利品部隊はＵＳＳＲ（ソヴィエト社会主義共和国連邦）の美術館に約二〇〇万点の美術品を発送した。

英米軍との交流を強化するために、ローズは上司のアルベール・アンローに、フランスの美術担当将校の一人を、主な保管所に対するあらゆる権限を握っているアメリカ第七軍に配属することを提案した。控えめな性格から、ローズは自分自身がその候補になるとは言い出せなかった。過度の謙遜のため、彼女はしばしば損をしている。アンローはそのポストに美術館視察官でレジスタンス活動家のピエール＝ルイ・デュシャルトルを推薦した。その実アンローは、必要な人脈があり、資料について完璧に精通しているのはローズだけであることを承知していた。ただ、責任あるポストに女性を任命するという考えが浮かばなかったのだ。アイゼンハワーは理想的な女性調査官の存在を知らないまま、デュシャルトルをその任に就かせた。ローズはがっかりしたが、表情には出さなかった。彼女にとって重要なのは、連合国軍にＣＲＡ（美術品回収委員会）の代表が一人いるということだけだったのだから。

ローズとジャン・リゴーは再び出発し、さまざまな情報を突き合わせたり、フランスの占領地区にある保管所を探したりして、数千キロの道のりを走り回った。二人の将校が日の当たる場所から日の当たらない場所へ進むにはカーブを切ればいいだけだ。その逆もまたしかり。二人は戸外でピクニックをし、宿で夕食を取った。ジャンはときどき車を停めて、湖に飛び込んだり、スケッチ帖にデッサンをしたりした。ガソリンや石炭、食料を絶えず探す必要があり、ときには、ガラスの代わりに油紙が窓に貼られた小屋でキャンプ用のベッドに寝ることもあった。だが、二人はドイツ市民には禁じられている連合国軍専用のホテルに泊まる特権が与えられていた。ホテルの部屋から、ときどきダンスパーティーの騒々しい音が聞こえてきた。

夜明けに出発し、バイエルンの森のなかをジープのシートの上でがたがた揺られながら、ローズはジュ・ド・ポーム美術館にいた頃のことを思い出していた。ブーシェやフラゴナールの絵のなかの生い茂った木々の葉を見つめていると、陰鬱な日々に沈んでいた気持ちが元気づけられたものだったが、その一方で、別の光景、あちこちのアパルトマンに力ずくで上がり込んで、春の花が咲き誇るなかの優雅な祭りの風景画を持ち去る乱暴な兵士たちの姿はまったく消し去ることはできなかった。

ドイツに到着して以来、彼女が日々、目にするもの、ずたずたにされ、亡霊がさまよう廃墟を描くことができるのは、この災厄の責任者たちから非難された画家たちだけだろう。彼らだけが征服されたドイツの蛮行を吐き出すことができる。ナチスはキュービズムを消滅させることを望んだのに、彼らの都市が、幾何学的に破壊された建物、金属のグレー、汚泥の褐色が入り混じったキュービズムそのものになっている。

その頃、思いがけない同僚がローズたちに合流した。徹底した反ナチのドイツ人美術史家、クルト・マルティン博士だ。彼はドイツのフランス占領期にストラスブール美術館の管理・維持を任されていた。いまだに大部分の国民が連合国軍に敵意を抱いている戦後まもないこの時期に、彼の専門性と国籍は好都合だった。一同は共にヘッヒンゲンに向かった。そこでは、軟禁されているプロイセンの元皇太子がペタン元帥を称賛しながら丁重に迎えてくれた。その後、フライブルク・イム・ブライスガウ、ジクマリンゲン、シュタウフェン、バーデンヴァイラー、ティティゼーへと次々に赴いた。いずれもフランス軍の管轄外の都市で、注目すべき保管所がある。そこで彼らはとくに記録文書やドイツの公的・私的コレクションの数々を見つけた。すべての保管所を詳細に調べる必要があった。ERRは四方八方に広がるネットワークを発展させており、どの支部も無視できないからだ。

地方美術館の所蔵品を一カ所にまとめるため、ヴィースバーデンとマールブルクに新しいコレクション集積所が開設された。目録作成を担当する連合国軍の委員会にまた別のドイツ人専門家が加わった。一同は張り合うことなく、互いに信頼し合う関係が築かれた。ローズはドイツの作品もフランスの作品も同じように細心の注意を払って目録作成に当たった。一方、ドイツ人の専門家は、武装していない外国人将校は征服者としてではなく、彼らに戦争を仕掛けた国の文化遺産の保護者としてここにいることを理解した。ローズのドイツ贔屓は彼らを驚かせはしなかった。

ほとんど男性ばかりのなかで、ローズは一人の「モニュメンツ・ウーマン」の力を借りることができた。ヴィースバーデンの集積所の責任者に任命されたアメリカ人の上級学芸員、エディット・スタンデンだ。二人はドイツのコレクションを回収し、可能な場合は返還する作業に共に休む間もなく励んだ。エディットはまた、フランス占領地区の行政上の首都、バーデン＝バーデンへの美術作品移送の監督をするローズの手助けもした。

その夏は休む暇もなかった。八月になるとローズは新たな任務で、ピエール＝ルイ・デュシャルトルと共に「モニュメンツ・メン」のCRA代表、ブスケ教授をアメリカ第三軍と第七軍の管轄区域まで送っていくために車を走らせた。八月十二日、ハイデルベルクに向かって出発した二人は、そこでジェームス・ロリマーに会って驚いた。ロリマーは苛立っていた。CRAがSHAEFに送った書類を受け取っていないというのだ。ローズが思った通りだ。ちゃんと届かなかった書類は紛失していたのだ。

ローズたちが通った道は、数カ月前にアメリカ軍が辿った道だった。ハイルブロン岩塩坑には、ストラスブール大聖堂のステンドグラスが無傷の木箱のなかで保護されていた。ミュンヘンでは中央集積所を訪れたが、そこではアメリカ人とドイツ人の職員が記録文書、画像資料コレクション、叢書などの目録を作成し、ベルヒテスガーデンで見つかったゲーリングのコレクションの警備に当たっていた。同じ日に、三人のフランス人はヘレンキームゼー島に到着した。その島に建つルートヴィッヒ二世が建設したヴェルサイユ宮殿を模倣した城に、フランスから運び込まれた二〇〇以上の木箱が保管されており、そのなかにはロチルド家の銀食器もあった。

フュッセンのことがローズの頭から離れたことはなかった。ローズがやっとノイシュヴァンシュタイン城に戻って来ると、アルタウスゼーを見つけた「モニュメンツ・メン」のロバート・ポージーに温かく迎えられた。城壁内を横切ったあと、ローズは絵画や彫刻、美術品で埋まったいくつもの部屋を無言でくまなく見て回り、必ず持ち主に返還しようと心のなかで誓いながら、どんなに些細な点も記憶しようとした。額縁に手をおいて、もう一度誓った。「モニュメンツ・メン」との合意が得られれば、フュッセンのコレクションは荷ほどきをしないで、ミュンヘンの中央集積所を経由せずに、列車でフランスに直接、移送しよう。

ローズは、周辺の山々や夏の陽の光を浴びてキラキラと輝く窪んだ湖を見下ろすバルコニーで一休みした。いつの日か、この場所はおとぎ話のような輝きを放つことだろう。観光客は、戦時中、ここが犯罪に利用された保管所だったことなど知る由もないだろう。ドイツのほかの有名な景勝地がそんな運命を辿らなくて済んだことが、この避難所の役割だったのかもしれない。

湖面をぼんやり見つめたまま、ローズはシャンボール城のことを思った。美しいものを愛する一人の王の居城に、人間の知性が生み出した最も美しいものがフランス解放の日まで避難していた。警備員たちは戦争中ずっと、華々しい宿泊者たちのそばに留まっていた。一九四一年から四二年に掛けての冬の猛烈な寒さのなか、城での生活は厳しい試練だった……。

ルーヴル美術館の学芸員たちはコレクションの状態が良好に保たれているか視察するため、定期的に城に通っていた。そのなかには疲れを知らないジャクリーヌ・ブショー＝ソピックがいた。彼らの来訪は警備員たちを元気づけ、カンバスを木箱から出して、幸せな過去のひとときのように、描かれた顔、生き生きとした色彩を喜んで眺めていた。

シャンボール城は世の中から孤立した飛び地になり、緑青色の軍服姿の衛兵が配置されていなければ、戦争に関わりのない場所だと思われたことだろう。ドイツ兵はフランスの最も重要な保管所があることを知らないわけではなかった。小規模な駐屯部隊が派遣され、その後、入り口にこの建物が軍の保護下にあることを知らせるドイツ語の貼り紙が張られた。しかし、ドイツ兵たちは何にも手を出さなかった。国のコレクションにも、警備員たちにも。彼らは、保護しているように見せかけているものを奪うために、和平条約の締結を待っていたのだ。

けれども、個人コレクションは、誰にも妨げられることなく奪っていった。一九四一年七月、ERRはレヴィ、ジャコブソン、ルヴェン、ロヴェル、ライヒエンバッハ、レナックの印が押された木箱を運び去り、ジュ・ド・ポーム美術館に保管した。キュンメルの報告書に従って、ナチスは、ドイツが過去に所有していた昔の戦利品も奪い取った……。ヴェルサイユ条約の署名が行われた机までも。これもシャンボール城に保存されていたのだ。

一九四四年六月二十二日、連合国軍の飛行機がシャンボール城のすぐ近くで墜落して粉砕し、破片が城の窓まで飛び散り、その後、飛行機は数時間燃え続けた。パイロットと城は無事に窮地を脱した。もし飛行機が城のテラスに激突していたなら、燃料が城のなかに飛び散り、城は火花に晒されていただろう。そうなれば、警備員たちは、定期的に行っていた訓練の通りに、燃え盛る火のなかから美術品を運び出したことだろう。第一次大戦の退役傷痍軍人たちは、塹壕の仲間を助けたときのように、絵のなかのナーイアス［ギリシャ神話の川や泉のニンフ］を助けるために彼ら自身の何人かが犠牲になったことだろう。

一九四四年八月二十一日と二十二日、ドイツ軍部隊は警備員たちが窓から彼らに向けて発砲したと非難した。警備員はそのような非難が馬鹿げていることを証明しようとしたが、四人が銃殺された。シャンボール城の作品は一九四五年一月に少しずつ帰路に就いた。木箱は傷付いていたが、熱意と誇りをもって任務を果たしたこうした男女のおかげで、中身は無事だった。フランスの美術品保管所の責任者のなかには、自分が果たした保護という役割に触発されてレジスタンス活動家になった者が数人いる。たとえば、《モナリザ》が最終的に保管されていたモンタル城の警備員五十二人はフラン＝ティルール［リヨンを中心に活動したレジスタンス組織］に加わった。

「ノイシュヴァンシュタイン城の守護天使は誰だったのだろう？」とローズは思った。おそらく彼らのなかには、格調高い美術品の価値よりも、その出所に心打たれた人がいたのだろう。そして心の奥では、ルートヴィッヒ二世の城が未完成のファンタジーの運命、立ち入ることのできない空っぽの部屋に戻ることを望んでいたのだろう。

一九四五年九月、日本の降伏によって戦争は本当に終わった。ローズは、連合四列強が集まる管理理事会のフランス部会の一員としてベルリンに配属され、合同の決定をすることに彼女自身が関わることになった。芸術面だけでなく道義的・物質的な賠償が確実に行われるよう、処理手順が着々と構築された。ローズはそれぞれの方針に細心の注意を払って従った。当事者や返還請求が食い違っても、それは、どのように賠償してもいいという理由にはならない。美術作品とて例外ではなかった。

ソ連は戦争の賠償や返済について言及した。戦闘による打撃を事実上ほとんど受けていない英米軍は問題をさっさと片づけたかった。フランス軍は単純に作品を、元の持ち主の家族が生存している場合は家族に返還することを提案した。ところが、純粋な願いさえも厳格な法的ルールに従わなければならなかった。結局、ローズが主張した案、つまり、作品の出所を確定し、その所有者の所在を特定して所有者に返還するという原則に落ち着いた。彼女はそれを、生涯を懸けた自分の任務とするだろう。

ローズは、コンクリートと鉄の骨組みしか見当たらない都市の北部に位置するフローナウで急場凌ぎの住宅に身を落ち着けた。あんなに明るく賑やかで、誰にでも開放的だった一九二〇年代のベルリンはもはや姿を消していた。新しい占領期に生きているかのように、ローズは食料も移動も通信も制限されたなかでの生活をもう一度やり直しながら、なかなか届かない任務命令を待ちながら、苛立ちをなんとか抑えていた。ソ連軍との関係が日増しに緊張してきていた。ローズはもう一度フュッセンに戻って作品の故国への返還作業に加わりたかった。

ところが、ノイシュヴァンシュタイン城の管理者はもはや親切なロバート・ポージーではなかった。ローズは、人質にされた格調高い美術品を少しずつ城から運び出しているアメリカ兵たちの大変な仕事には立ち会わなかった。雪に覆われた城は、春に見たときよりはるかに夢幻的で、ワグナー的だった。しかしアルプスの冬は、貨車を滑らせて運搬するために梃子、滑車、積荷を載せる板のシステムを調整する男たちの仕事を困難にした。積荷の中身が壊れやすいため、操作が難しい。それでもERRの木箱は壊れもせず、紛失もせずにパリに到着し、すぐに、ドイツの記録文書とローズの情報に基づいて目録が作成された。

同じ頃、連合国軍の別のいくつかの部隊がブーヘンヴァルト、ダッハウ、マウトハウゼン、ベルゲン＝ベルゼンの各強制収容所を見つけていた。兵士たちが扉を開けると、透明な死体、いつまでも続く闇夜のなかで亡霊のようにふらふらと歩く痩せこけた何人もの人、想像を絶する恐怖に凍りついたいくつもの顔が目に入った。何人かの余命はあと数秒だろう思われた。戦争の恐怖に慣れているはずの兵士たちは、声が出ず、息が詰まり、思考までも止まった。

そこではもはや、文化遺産とか、保護とか、財産を、それを愛していた人に返還することなど問題ではなかった。こうした場所では、人間のあらゆる思い出が消え失せていた。

裁判所で、良心の呵責も悔恨の念もない

ニュルンベルク裁判所の法廷に二十二人の男性が一人ずつ現れた。彼らは長椅子に着席し、同時通訳の言葉を聞くためにヘッドフォンをつけ、じっと待っていた。板ガラスの後ろで、ローズは眉間にしわを寄せた。被告席には知っている顔がいくつか見えた。唇を固く結んで冷たい目つきをしたアルフレート・ローゼンベルク、フランスでの略奪を主導したドイツ国の元外務大臣リッベントロップ。そしてゲーリング。ローズが知っている大食漢ゲーリングは、けばけばしい制服を着て象牙の杖を振りかざしながら虚勢を張る巨漢だったが、六カ月間の拘留で痩せ細り、飾り物がまったくない地味な服がだぶだぶで、唇には薄笑いを浮かべていた。ローズは、ドイツ国のナンバーツーであり続けた男、何百万もの人間が死に瀕している間も自分の快楽のために、ヒトラーからさえも美術品を奪い取り、贅沢におぼれていたこの男をまじまじと見つめた。

一九四六年二月六日、ニュルンベルク裁判の五二日目、国際法に基づき重罪とされたナチスによる美術品略奪についての審理が行われた。ローズはＣＲＡの代表として裁判に立ち会った。煙草の煙が立ち込めるプレス席で、ローズは灰皿を手元に置き、ヘッドフォンをつけてノートを取

りながら、尋問に耳を傾けた。

この裁判は危うく開かれないところだった。四カ月前に始まった異例の国際裁判は、ナチスの元幹部に対し、新しく導入された次の三つの犯罪に対する判決を下した。すなわち、平和に対する罪、戦争犯罪、人道に対する罪だ。訴訟の規模が大きいことから、略奪に関する裁判は「簡易裁判」にされた。しかし、ローゼンベルクが相変わらず、すべての作品は「保護する」ために没収したのだと主張していたことをアメリカ合衆国の代表団から聞いたフランスの代表団は、歴史上最大の略奪行為について反論の余地がない証拠を提示する決断をした。

ローズは、人道に対する罪の判決がほかの罪より優先されることは承知しているが、ナチズムの悪事の証拠資料のことを忘れてはならないと主張した。国際裁判所は、法廷で多くのことが明らかになったその資料の審理に三日間だけ当てることに同意した。

ゲーリングが戦時中に多くの時間とエネルギーを注いだ個人的な取引についてフランス人弁護士のシャルル・ジェルソフェールが陳述している間、ローズは、彼女の位置からは横顔しか見えないゲーリングを観察していた。審理は順調に進んだ。フランス軍とアメリカ軍が提出した書類や記録文書には議論の余地のない犯罪の決め手となる詳細がすべて記されていた。ローズは審理をじっと聞いていた。自分の人生を変えた数々の出来事、パリにERRの支部が設置されたこと、ゲーリングが発した一九四〇年十一月五日の命令などを思い出しながら。その命令によってゲーリングは、あらゆる没収行為、交換または売却するために保存されている「退廃」芸術作品の取り扱い、没収を正当化するためにナチス当局が歪曲した命令、書物や家具に対する没収命令の拡大、「あらゆる部門を支配する冷酷な意向」に見せかけの合法性を与えるための努力などの主導権を握るようになった。それは、過去の征服で行われたような普通の略奪などではない。他者に対する憎悪、否認、他者の根絶という思想に立脚した必要を満たすための犯罪的な意図による略奪だ。

略奪された作品の大部分は無傷で連合国軍に見つけ出されたことを強調すれば、弁護はつねに容易だったかもしれない。しかし、行動が秘密裏に進められたこと自体が不正な行為であることを証明している。とりわけユダヤ人に対する威嚇や暴力の使用は加重情状に相当した。

ローゼンベルクは爪を噛んでいた。ローズは彼が感情を表すのを初めて見た。ゲーリングはと言えば、饒舌ぶりを取り戻し、まるで白鳥の歌を唄おうとしている俳優のように証人席に上がり、最後に異常なまでの誇大妄想ぶりを晒した［白鳥は死ぬときに美しい声で鳴くと言われていることから、人が亡くなる直前に人生で最高の作品を残すことのたとえで使われる言葉］。

ファルスタッフ［シェイクスピアの喜劇『ウィンザーの陽気な女房たち』の主人公の老騎士の名前。太っちょの大酒飲みで強欲、狡猾だがウイットに富み、陽気で憎めない人物として描かれている。ゲーリングをファルスタッフになぞらえている。ヴェルディが八十歳を目前にして、この喜劇を題材に最後のオペラ『ファルスタッフ』を書いたことから、このオペラはヴェルディの『白鳥の歌』と言われる］は、栄華の時代の虚栄心の塊のような元帥に戻っていた。（モルヒネの）禁断症状と強制的な食事療法が明晰さと闘争力をもたらしたのだろう。アメリカ人検事、ロバート・ジャクソンの手際の悪い反対尋問は被告に有利に働き、ゲーリングは堂々と反論した。ゲーリングは、裁判所での三日間とそのあとに独房に尋問に来た精神分析官と向き合っていた数カ月間、あらゆる起訴内容について悪意と驚くべき冷静さで分析して見せた。最悪の責任を負うためではなく、威厳を保つためにドイツ国のナンバーツーであり続けたかったのだ。ヒトラーへの忠誠を堂々と宣言し、ナチスの模範、手本だったと主張したが、反ユダヤ主義であることは否定した。軍の決定に積極的に関与したことは認めたが、ユダヤ人絶滅計画への関与は否定した。そもそも強制収容所の存在すら知らなかったと弁護さえした。とはいえ、一九三三年になるとすぐ、彼自身が収容所を設置したのだが、その目的はドイツ国の敵を投獄することで、彼らを殺すことではなかった……。残虐行為に責任があるのは、自殺した卑怯者のヒムラーとゲッベルスだけだ。確かに、大量殺戮の噂は聞いていたが、女性や子供も対象になったとは思いもしなかった。それに、仮にそのことを確認する時間があったとしても、それを食い留めるために何もできなかっただろうと語った。では、美術コレクションは？　ああ、やっと重要なテーマだ！　ゲーリングは美術コレクションを非常に誇りに思っていた。生涯の自慢だった。美しいものが好きなこと、美しい自分の財産をもっともっと豊かにする必要があることを自ら認めながら、自分は「ルネサンスの人間」だと思っていると力説した。しかし、そのために不正なことは何もしていない、必ず代金を払ってきた、確かにそう高額ではないが……。それでも、美術品を奪っていった「あの狡いソ連人」たちよりはずっとましだ！　ゲーリングは、豪華な住まいを飾り立てるために個人的に富を積んだと非難されていたではないか？「とんでもない！」と彼は反論した。非常に寛大なことに、「自分が死んだら、ドイツ国の美術館にすべてを遺贈するつもりだ。そしてカリンハルも美術館にするつもりだ」と。

裁判でゲーリングは、否認したり、自己満足したりしながら、その存在を強調し、あえて冗談めかして被告役を演じていた。共同被告人たちは、これまでずっと彼を憎んできたが、彼の演説を称賛し、彼が一枚上手であることを認めざるを得なかった。ゲーリングは自分の進んできた道に非常に満足しており、最後の裁判、この「訴訟という茶番」に臨むときでさえ、良心に恥じるところがないと思っており、自分はドイツ国民の慈善家として歴史に残ると確信していた。しかし、ただ一つ落胆したことがあった。それは、「モニュメンツ・メン」がアルタウスゼーで発見した彼の秘蔵の作品、フェルメールの《キリストと姦通女》が贋作だったことだ。

この作品の来歴を遡って調査したところ、ハン・ファン・メーヘレンというあまり名の知られていないオランダ人の画家にたどり着いた。この画家はドイツ人美術商アイロス・ミートルにこの作品を売り、ミートルはこの作品をゲーリングの重要なコレクション数点と交換する取引に同意した。当初、「敵のために国家の財宝を略奪した」罪で告訴されたファン・メーヘレンは自分の身を守るため、このフェルメールを始め、お金のために売ったほかの数点の作品も実は自分が描いたものだと告白した。容易には信じられない警官と専門家は自分たちの目の前でこの絵を模写するよう要求した。するとこのオランダ人画家はもっといい提案をした。誰も見たことのないフェルメールを創作してみせるというのだ。彼は拘留されたまま、改めて専門家らを騙せるほどの感動的な聖書の一場面を描いた。

それ以来、敵国の協力者ではなく贋作の天才と認められたファン・メーヘレンは、ナチスの指導者を騙したと世間から英雄視されるようになった。結局、詐欺の罪で禁固一年の判決が下されたが、その前に心臓発作で亡くなり、刑に服すことはなかった。

自分の所有するフェルメールの真実を知ったとき、ゲーリングは顔色を変えた。その場にいた者の報告によると、「世の中に苦悩というものがあることを初めて知ったような様子だった」ということだ。ゲーリングは、アルベルト・シュペーアが証人席で彼を酷評し、あらゆる収賄の事実やヒトラーが彼を蔑視していたことなどを証言するのを聞いたとき、再び顔面蒼白になった。

三日間の裁判が終わると、ローズは、この重要な裁判では十分な謝罪は得られないだろうという思いを抱いてニュルンベルクを去った。それでも写真の提供という貴重な贈物を手にした。それは、ローゼンベルクが一九四三年にヒトラーに誕生日のプレゼントとして贈った、選りすぐりの略奪作品の写真とその出所を記載した三十九冊のアルバムをマイクロフィルムにコピーしたものだった。新たな証拠物件は彼女の任務を続けようという気持ちを奮い立たせた。

数カ月の公判を終え、シュペーアを除くすべての被告が無実を主張した。被告たちは自分の判決を聞くため、起立した。すべての告訴項目について、軽減情状は一切なく有罪が認められ、ゲーリングとローゼンベルクが死刑を宣告された。ゲーリングは通訳の言葉が耳に届くまで待った。彼は何の反応も示さず、一言も発することなく、独房に戻った。ローゼンベルクのほうは、真価を認められないインテリという仮面をかぶって平静を装い、国民社会主義は「ドイツ人が、そのために心血を注ぐことができる最も高貴な理念である」と書くにとどめた。

ゲーリングは最後の言葉を語らなかった。彼は、絞首刑は自分の地位にふさわしくない執行方法だと思っていた。一九四六年十月十五日、ゲーリングは監視人の裏をかき、自分の絞首刑が行われる予定の数時間前に、独房で青酸カリのカプセルを飲み込んだ。

地球の沈黙

その年の夏、ローズは数週間の休暇を取ってフランスに戻った。占領中には休暇をまったく取らなかった。ジュ・ド・ポーム美術館を離れたくなかったからでもあり、自由地区にあるイゼールの生まれ故郷の村、サン＝テティエンヌ＝ド＝サン＝ジョワールに行くには通行証が必要だったからでもあった。故郷が恋しかった。まず、パリのアパルトマンでジョイスに再会した。でも、ドーフィイネ地方に心底、帰りたかった。シャルトルーズ山地、ヴェルコール山地、さらには少し遠くの、秋になると頂上が真っ白な雪で覆われるベルドンヌ山地を眺めたかった。

人口二千人ほどのこの村の真ん中にローズが育った家がある。生家もそのすぐそばだ。積み重ねた小石の壁の大きな建物と、外からは見えない囲いのある庭。父親の鍛冶場は相変わらず階下にあった。そこに従姉妹や従兄弟を招いた。大好きなアドリアンとマルゲリットはもちろんだ。昔の子供たちは、今やたくさんのことを知っている都会から戻って来た女性に驚いたが、彼らにとって、ローズは昔の「ロゼット」のままだった。

小さい庭のテーブルの上にクルミのバスケット、薄くスライスした新鮮な野生チャイブを散らしたサラダボウル、冷やしたアーモンドシロップを並べた。ローズは目を閉じて若かりし頃の甘酸っぱい香りを吸い込んだ。子供時代の思い出はすっかり消え去っていた。まるで彼女の人生が本当に始まったのは、勉学に励んだ日々、知識に対する渇望も、女性にはまだ閉ざされていた職業である学芸員に任命されたいという無意識の願望もほとんど満たされなかった大学時代からであるかのように。ジャクリーヌ・ブショー＝ソピックが一九四五年にフランスで初めて女性の学芸員になったことをローズは喜んだ。

ツバメが鋭い鳴き声をたて、そよ風が流れる彼女の庭で、ローズはジョジャールに初めて会った日のことを思い出した。彼女の人生を大きく転換させたのはジョジャールだ。シャンボール城に向かう輸送隊に同行し、心を高ぶらせた日のことが脳裏に浮かぶ。思い出は、何千という木箱、トラック、貨車、書類、絵画、そしてジュ・ド・ポーム美術館での恐怖と無力感、ある保管所から別の保管所へと続くドイツでの果てしのない道路、最も小さなものに至るまで返還するために忍耐と粘り強さを要した財宝の数々が絡み合って一つの大きな塊となった。そうした思い出には必ず、画面の外、後景に注意を払う人々にだけそれとなく見えるジョイスがいた。

ジョイスはこの村に一回しか来なかった。それもほとんど隠れるようにこっそりと来て、翌日出発するまでホテルに泊まらなくてはならなかった。それでもジョイスは、ローズと非常に親しく親密な手紙のやり取りをしていた従妹のマルゲリットのことを知っていた。ローズは、こんな風に距離を置いて、ジョイスを傷つけてしまったが、そうしなければならなかった。世の中には、子供が幸せでいるのを見るよりも、子供のことを知らないでいるほうを好む親がいるということを知るのに、ジョイスはちょうどいい立場だった。ローズのほうは、秘密の恋人をこのように閉じ込めて、幸せではなかった。すぐにジョイスが恋しくなった。数日後、ルーヴル美術館から緊急の電話があったという口実でローズはパリに戻った。

ローズは八年にもおよぶ長期にわたってドイツに滞在していたが、だからといって二人の関係が危機に陥ることはなかった。初めの頃、ジョイスは、二人の文通が軍に検閲されていることを知ると、暗号で手紙を書いてきた。一九四六年十月、ローズがレジオン・ドヌールを授与されたばかりの頃、ジョイスは控えめな丁寧語の文体で、「親愛なる愛しいロゼット」、「輝かしいプシュカ」を祝福した。検閲官はパリで勲章を授けてもらえなかったことに対して彼女が感じている大きな無念さを見抜けなかった。

ジョイスはドイツでローズに会うため、彼女の任務に合わせて一年を通してスケジュールを調整していた。ローズはジョイスを連れて、当時まだ、あちらこちらの村に建っていた小尖塔を見に行ったり、コンスタンツ湖で船に乗ったり、ジョイスの花柄のドレスがシュヴァルツヴァルト（黒い森）の生い茂った葉とうまくマッチしている小さな四角い写真を撮ったりした。ジョイスは、怒鳴り散らすナチスの記憶を消して、母国語、フリードリッヒ・ヘルダーリンやシラーの言語にスイッチを入れ替えていた。

ローズは再び目を開け、庭でアーモンドシロップを前にしている自分に戻った。氷はすっかり溶けてしまっていた。ローズは、自分が戦時中、ここ、サン＝テティエンヌ＝ド＝サン＝ジョワールになぜ留まっていなかったのかわかっていた。この地で育ったものの、故郷にずっと愛着を持ち続けてはいなかったし、自分がローズ・ヴァランになったのは、故郷を離れてからなのだ。

論争好きな役人

　ジープに揺られながら、ローズはアメリカ製の煙草を手に、軍隊のような雰囲気のチームを引き連れて、でこぼこ道を進んでいた。戦後の苦悩のなかにいながら、美術大尉としての新しい生活に心血を注いでいた。イゼール県の賢い少女、真面目な学生、目立たない学芸部アシスタントは論争好きな将校、その分野ではアメリカ人、イギリス人、フランス人の同業者の間で一目置かれる専門家になっていた。一九四六年四月、ベルリンの美術師団の責任者に昇進したが、引き続きミュンヘンに定期的に赴いていた。

　ローズの生活環境は相変わらず必要最低限のものしかなく、仕事をするのも、寝る場所や食料を見つけるのも、その日に車が利用できるかどうかにかかっていた。それでも、ほとんど空っぽの袋を肩に掛けて歩いて家に帰る何千人もの元囚人たちと道ですれ違うと、自分は幸せだと感じていた。元囚人たちは痩せこけて、顔は青白く、だぶだぶのマントを着てふらふらと歩いていた。なかには、まるでこの世に存在しないもののように、目を見据えたまま、行く当てもなく、結局、自分のゴルゴダの丘に向かっていく者もいた。ローズは強制収容所のこと、もはや解放されたことを喜ぶ力もない捕虜たちのこと、解放直後に亡くなった人々のことを考えた。

ローズは、Ｔｒüｍｍｅｒｆｒａｕｅｎ《トリュンマー・フラウエン》、「瓦礫の女たち」に共感さえ覚えていた。彼女たちは、いつの日か、生活の場、学校、我が身を守る部屋を再び見ることを期待して、都市から建物の残骸を除去していた。

ローズはまた、座席も窓もないまま走り続ける列車ともすれ違った。そうした列車は、近親者や配給所、別の人生を探す人々で溢れていた。彼女にとって戦争と言えば鉄道であり、美術作品を積んで権力者の城に向かって走る列車、サボタージュあるいは脱線でもして救ってくれないかと願う男女・子供を乗せて強制収容所に向かって走る列車だった。敗戦したドイツでは、でこぼこにへこんだ列車が堂々巡りをし、路頭に迷った人々がプラットホームで何日も居場所を探して待ち続けていた。

もちろん、パリは、そしてジョイスはローズがいなくて寂しがっていたが、ローズは数えきれないほどの事務手続きに追われ、神経をすり減らしていた。でも、ここが、再建すべきこのドイツが、自分がいるべき場所なのだということはよくわかっていた。任務の遂行を速める確実な手段がないため、調査や多少とも関係のある証人の尋問に時間を取られていた。ドイツの美術館に足を運び、疑わしい作品がないか調べた。フランス人の同僚も奮闘してくれたし、ＣＲＡは新たに専門家を彼女のもとに送ってくれた。ローズは特筆すべき社会的地位ではまったくなかったが、その仕事ぶり、熱意、知識、また悪意に立ち向かう態度によって、知らず知らずのうちに責任者という身分を手に入れたのだ。

ブレーメンへの旅から戻ると、ローズは、その頃、芸術・文学総局長になっていたジャック・ジョジャールの推薦でレジオン・ドヌールを授与されたことを知った。「この受勲を心から喜んでいます。早速、赤いリボンを胸につけました。すっかり色あせた私のユニフォームの見栄えがぐんと良くなりました！」とローズは感謝の手紙をジョジャールに送った。その後、レジスタンス勲章、アメリカの自由勲章などほかの受勲も続いた。しかし彼女の将来の上司たちからは、こうした破格の評価の勲章は無視される。

ナチスが略奪した絵画と同様、略奪の主な証人たちは跡形もなく姿を消していた。彼らの首根っこを掴む時間があまりないなかで、ローズはまだ投獄されていないERRの元職員をミュンヘンの集積所に来させた。彼らのほとんどはほかの者の罪を暴いたり、責任を押し付けたりしながらも、情報を提供した。すべての美術商がヒトラーやゲーリングのために不正を働いていたわけではなかった。ローゼは緊迫した尋問の際に、ヴァルター・ボルンハイム、ヒルデブラント・グルリット、ヘルマン・フォスと対立した。グルリットは我が身と自分の個人コレクションを守るため、同業者や共犯関係にある美術館を密告した。フォスは記憶喪失のふりをして何も明かさなかった。ボルンハイムはいくらか誇らしげに自分の取引手法を説明した。彼はパリのグランドホテルのスイートルームに顧客を招き、現金で支払いをした。ミュラーという名前でゲーリングに電話で連絡を取り、彼のために獲得した作品をドイツに送っていた。商売での使用を認めるゲーリングの証明書があったおかげで、ミュンヘンの自身の画廊を充実させるためにトラックを利用していた。ほかの多くの同業者と同様、ボルンハイムはあらゆる刑罰を免れた。ドライ家への賠償金の支払いだけが課せられた。彼は一九三六年にユダヤ人であるドライ家の美術画廊を「アーリア化」し、バイエルン州のグレーフェルフィングでドライ家の美術商活動を引き継いでいたのだ。

イギリス占領地区には美術商のグスタフ・ロホリッツとリッベントロップ大臣が使用していた保管所しかなかった。フランス占領地区には小規模な保管所しかなく、すぐに調査は終了した。最も近寄りがたい地区が残っていた。ソ連占領地区にはERRの保管所がたくさんある。チェコスロヴァキアのニコルスブルク保管所は爆撃で破壊されていたが、ローズはそのほかの保管所でダヴィッド＝ヴェイユ・コレクションの家具やタペストリー、彫像が見つかるかもしれないと期待していた。厄介なことに、ソ連軍は自分たちの占領地区外にこうした財宝を送り出す許可を与えるつもりがないようだった。用心深いローズは、保管所の正確な場所をまだはっきり掴んでいなかった。内部での盗難はずっと続いていたため、ローズは今までになく確保しにくい財宝を見つけ出すために、策をいくつも練らなければならなかった。

フランスで没収されてミュンヘンの総統官邸に送られたあと、そこで、再びドイツ市民に略奪されたシュロス・コレクションを探すために、ローズはまだ見つかっていない絵画の一覧表を作成した。その目録を美術商たちに配り、一点でも市場に出ている作品を見かけたら知らせてくれるよう頼んだ。こうして七三点の絵画が回収された。市民に略奪された作品が闇であろうとなかろうと、市場に出されるのを待つことは、成果が保証されないものの、一つの解決策だった。多少とも怪しげな美術商や古美術商やバイヤーたちは連帯したネットワークを作っており、その結び付きに少しでもほころびができれば、貴重な作品が本当に消えてしまうだろう。

ドイツ警察にも、絵画が返還されるたびに報奨金を出すと約束することで、一役買ってもらった。警官が職権乱用によって回収するリスクもあり、そんな場合、ローズは正当なドイツ人所有者に送り返さなければならなかった。ローズの仕事は美術品に留まらなかった。たとえば、彼女のチームは数台の楽器を回収した。そのなかには、チェンバリストのワンダ・ランドフスカのヴァル＝ドワーズ県の自宅から没収された素晴らしいコレクションもあった。ニューヨークに亡命したこの音楽家はローズに心からの感謝の手紙を送った。その手紙には、「これらの楽器は私にとって『めったにない貴重な古楽器以上の財産』であると同時に、計り知れない生きた資料です」と書いてあった。絵画、装飾品、書物、家具だけでなく、略奪された何千もの楽器も見つけ出されたが、それはときに、強制収容所やドイツの海底という何ともちぐはぐな場所で見つかった。

ローズとロリマーは、一九四六年の秋に、フランクフルト、ヴィースバーデン、ハイデルベルクで再会した。パリで初めて出会ったとき以来、二人は互いに対する信頼とそれぞれの決断力によって成果を得てきた。アメリカ占領地区での返還作業は終了した。二万九〇〇〇点がすでに回収されていた。ヒトラーとゲーリングのコレクションは、略奪された作品もドイツ国の公式バイヤーによる取引で取得された作品も一緒にフランスに送り返された。

パリでは、最初の返還は意気阻喪するような大混乱のなかで始まった。CRAの資料は数千にもおよび、情報が記載されたカードは数万枚もあった。委員会の成果を示すために、回収された作品のなかの数点を展示する展覧会がオランジュリー美術館で催された。二流の作品についてはより詳しい知識、より厳密な調査を要したが、成果は芳しくなかった。ゲーリングの元アドバイザーのホーファーが、ゲーリングのコレクションで残っている絵画を特定するのを手伝うためにニュルンベルクに急遽、差し向けられた。

「略奪された財宝の一覧表」を公表したことで、リストが不完全であるとはいえ、返還を請求されているのに、回収された作品のなかにないものを調査することができた。すべての所有者が略奪された文化財をCRAに申告したわけではなかった。CRAの存在を知っている人のほうが少なかったのだ。返還請求は所有権を証明する書類を失くしたり、書類が破れていたりすると受理されなかった。後に残ったのは、財産を略奪されたうえに、強制収容所に送られ、暗殺された人々、そしてどこにいるかわからない彼らの子孫たちの心にぽっかり開いた穴だ。

一九四六年末、ローズのドイツ南部での捜索は終わった。ローズは今度こそ、許可があろうとなかろうと、本気でソ連占領地区をしらみ潰しに調査する覚悟で、ベルリンに身を落ち着かせた。ベルリンに着くとすぐ、バイエルンの隠し場所と同じくらい、あるいはそれ以上に興味をそそられる場所の捜索準備に取り掛かった。それは、ショルフハイデの森に潜む場所、紛れもない略奪美術館になるほど略奪品に埋め尽くされた狩猟場だ。しかし、そこはもはや廃墟でしかない。

壊れた彫像と冒涜された墓

ローズは、大量の木片やコンクリートの破片が散乱する瓦礫のなか、慎重に歩を進めた。曇った眼鏡の奥で目を細め、彫像の腕、金箔を張った額縁の角、肘掛椅子の脚など、特定できるものがないかじっくりと探した。だが、十一月の雨に濡れたカオスのなかで、カリンハルの残骸からごく小さな装飾品を見つけるのにも苦労した。

ローズは何度も、ジュ・ド・ポーム美術館にあった絵画を飾ったゲーリングの仰々しい邸宅の壁はどんな風だったのだろうと想像してみた。エミー・ゲーリングの私室を飾っていたブーシェの作品の数々、音楽室のルーベンス……。不本意な移送の間に傷付いたそれらの作品はヴァルター・ホーファーの妻が修復していた。

ローズは、広報活動に携わっていた国家元帥がナチスのエリートたちや大企業人、体制の権力者である友人たちを招いて開いた狩猟パーティーやレセプションのことを想像してみた。そうした人々からゲーリングはたくさんの魅力的なプレゼントを受け取っていたのだ。彼らに自分の立派なギャラリーを見せる機会には事欠かなかったことだろう。十七メートルもあるそのギャラリーには嘘や脅迫を重ね、さらには持ち主を死に至らせてまで手に入れた傑作の数々が飾られていた。しかしゲーリングは、ドイツ国では忌まわしいものと見なされている彼の楽しみは人に見せないよう十分に用心していた。その楽しみとは、モネ、クールベ、セザンヌ、ファン・ゴッホの作品だ。ゴッホの一点は彼の寝室に掛けてあったが、その横にはゲーリングが後援していた公式画家、ヴェルナー・ペイナーの署名が入った疑似神話的な恐怖の絵が掛かっていた。ゲーリングはメセナの役割を演じることに大きな喜びを感じていたのだ。

この常軌を逸した広大な敷地には、草が地を這う荒れ果てた空き地、重なりあう瓦礫の山しか残っていなかった。瓦礫が靴の下で転がり、ローズはバランスを崩してしまった。だが何としても怪我をするわけにはいかない。内密の任務でここにいるのだから。

四つに分割されたベルリンで、ローズは絶えずソ連軍の悪意と衝突した。ところが、カリンハルはソ連占領地区にあり、彼女はそこで、爆破を免れたものを見つけ、回収できるものは回収しなければならなかった。立ち入りの許可申請書を送っても、ゴミ箱に投げ捨てられ、徒労に終わることがわかっている。そんなことに嫌気がさしたローズはここに何度もこっそりやって来ているのだ。

一度だけ、偽の書類を手にドイツ人の相棒に付き添われて、戦争で損傷した美術作品の保護を担う組織のメンバーとしてここにやって来たことがある。そこでローズはすぐに、ゲーリングがパリで購入した十六世紀のピンク花崗岩製の二頭のライオン像を見つけた。それを買ったとき、ゲーリングはフランスが支払う占領軍の維持手当も一緒に受け取っていた。彼はこれを門柱代わりにするために列車で自宅に持ち帰ることはできたものの、あまりに重いため、ベルヒテスガーデンへの移送は断念していた。同じ困難がローズにも立ちはだかった。人に見つからずに、どうやってこんな大きなものをフランス占領地区まで運べばいいだろう？

一九四七年五月、ローズは正式な許可を得た。護送してくれる多くのロシア人駐留兵士らに、この彫像の象徴的な重要性についてこんこんと説明する必要があった。ライオン像の移動は、ソ連占領地区内に限るという条件付きで許可されていた。監視の目を逃れて、ライオン像は少しずつ越境禁止の境界線に近づいてきた。ローズはライオン像を大型トラックに積み込ませ、瓦礫で覆い、検問に引っかからずに境界線を越えた。ライオン像は鉄道でフランスに送り返すチャンスが来るまで、ある建物の地下室に保管された。フランスの高等弁務官が毎月、ベルリンにやって来るが、その折に、弁務官は自分の特別列車でこの重要な彫像を運ぶことを許可した。こうしてライオン像は、アンヴァリッドに最終的な場所を見つけるまで、ルーヴル美術館のヴィスコンティの中庭で睨みを利かせていた。

その六カ月後、ローズは、ここ、ショルフハイデの森にある百二十ヘクタールもある隠し場所で、瓦礫をかき分けながらゲーリングが放置した作品を徹底的に探した。ゲーリングの多くの使用人や手先たちは、主人が去ったあと、自分で必要なものを取ってすでに立ち去っていた。ローズは彼らの住所を知っていたため、一人ずつ尋問するつもりだった。ドイツ人の相棒の助けを借りて、ローズは土砂の堆積の間をじっくり探し、コンクリートの掩蔽壕のなかで腰をかがめ、這いつくばって探った。爆破を免れた地下壕に家具や絵画が眠っているかもしれないと期待しながら、危険も顧みずにカリンハルの途方もない地下網に残っているものを調べた。こうして見つけたのは、ジュ・ド・ポーム美術館で見たことのある、ロチルド家のコレクションの彫像の数片のかけらだけだった。

それでも、彼女の調査によって、ゲーリングの所有地を取り囲む森のなかに埋められたり、散らばったりしている彫像の手がかりを得ることができた。ローズは森を歩き回りながら、まるで山狩りの獲物を探すように、破壊された、あるいは悪天候に晒されて傷んだ彫像を、目を皿のようにして探し回った。藪のなかに紛れて、まだ封をしたままのいくつかの木箱に洗礼盤や胸像、ゴシック様式やロマネスク様式のローレリーフ（浅浮き彫り）が閉じ込められていた。雨に塗れて、翼の下部が溶けてしまった《サモトラケのニケ》の石膏製の複製があった。ブロンズ製の十五体ほどの彫像が湖に投げ捨てられてあった。それらの彫像は、吊り上げるために必要な許可証と機材が届くまで、そのままの状態に置かれた。

ローズは雑木林のなかをさらに進んだ。ゲーリングがずっと崇拝し続けている前妻、カリンの墓が建っている円形広場にたどり着いた。門は引き抜かれていた。数段のステップを降りると、荒らされた棺が見えた。同伴者の一人が彼女に知らせたところによると、頭蓋骨が身体部分から引き抜かれて、壁に砕け散っていたという。

ゲーリングは逃走する際に、お気に入りの絵画、彫刻、家具を持って行ったが、妻の亡骸《なきがら》は放置していった。カリンの身体の断片は彫像や伸び放題の草むらに散乱した血の気のない残骸と運命を共にしていた。

墓をあとにしたローズは、陶器の破片を見つけたように思った。屈んでその破片を寄せ集め、じっくり観察してみると、茶色がかったその破片は頭蓋骨のかけらだった。ローズは歯を食いしばり、その辺りを丹念に調べて、ほかの骨の断片を拾い集め、小さな目立たない墓所に埋めた。同伴者らは驚いた目つきで、少し感動してそれを見つめていた。

外交闘争

ソ連占領地区が封鎖されたため、ローズ・ヴァランの身分はまた変わった。連絡担当官から正式なスパイになったのだ。立入禁止区域に侵入し、「機密」さらには「極秘」の印が押された別のジャンルの報告書を持ち帰る。それらの報告書には、図面、地図、赤軍の部隊の動きや武装状況に関する詳細が記されていた。フランスのための偵察任務のことは、彼女は決して誰にも何も話さなかった。書類が秘密を暴くためのものでなくなれば、その書類は彼女と共に姿を消すだろう。

彼女の上司に対する毅然とした態度、ちょっとした手助けに対する感謝の念、あくなき好奇心、屈服しない性質はいっそう強固で明確になった。ローズは情報を得るためには、頑なに心を閉ざす者や政治的な拒否権を行使する者たちに、どうやって話しかければいいかを本能的に知っていた。彼女にとって重要なのは、返還が公正・公平に行われることだけだった。毅然とした態度を示しながら、芸術に限らず、あらゆるものに対する感受性は持ち続けていた。調査官としての役割を果たすなかで、ローズは自分が確信していることより聴取によって得た情報を優先させることを忘れていなかった。

一九四九年五月、ローズは、フランスから持ち去られたと特定された作品を回収するため、経験だけを頼りに、ベルリンのソ連管理地区の東部にあるカールスホルストに赴いた。数点の作品がドイツ帝国銀行の金庫室に保管されていた。前回、非公式に訪問した折に、フランスのタペストリーがその部屋の壁に掛けられていることに気が付いていた。何人かのロシア人責任者が掩蔽壕は中身もろともすべて破壊されたと主張していた。だが、それが嘘であることをローズは知っていた。作品はUSSRに送られていたのだ。ソ連占領地区で賠償・返還師団を指揮するオプソニムニコフ大佐は、元来ソ連のものだった略奪作品を回収するのが困難だと嘆いていた。彼はローズに手助けしてくれないかと頼んだ。外交上、ローズは同意して、その代わりカリンハルに立ち入らせてくれないかと提案したが、大佐ははぐらかした。

ローズがとりわけ気になっているのは、彫刻家、アルノー・ブレーカーがパリからベルリンに移送したロダンの二体の像、《考える人》と《歩く男》のブロンズ像の行方だった。ローズはこれらの像をベルリンのフランス占領地区に送ってからポツダムの倉庫に保管させていたが、そこからソ連軍が横取りし、モスクワに送っていた。ローズはオプソニムニコフ大佐に合法的な返還請求書を手渡した。ところが彼は、《考える人》は今もパリにあると反論した。「パリにはその像が三体ありますが、ソ連が持っていったものがオリジナルです」とローズは忍耐強く説明した。ソ連側の回答は期待できるものではなかった。そのロダンはいまだに見つかっていない。

ローズは、赤軍から美術品を正式に返還してもらうことは一切期待できないことを悟った。彼女の返還請求は、十分な手がかりを得ることにしか役に立たなかった。ローズはもう、ソ連側には場所についてのどんな情報も知らせずに、違う行動をとろうと決心した。非公式の手法で裏切られることはめったにないのだから。

愛国心に燃えるソ連軍の不誠実な態度にひるむことなく、ローズは、自分の任務ではなかったが、軍事博物館から盗まれた武器類の部品を取り戻すことに名誉を懸けた。ソ連軍がまさに溶かそうとしていたブロンズの大砲、アンヴァリッドからナチスが盗んだ軍旗などは、つねに返還を要求してきたものだ。これもまた、ソ連側はすべて破壊されたとローズに信じさせようとした。ローズは、偽の身分証明書でワイマールに旅する作家のふりをして、封鎖柵と検問を乗り越え、ある城の地下室でそれらを見つけた。ある大臣が最終的に彼女の返還請求の正当性を認め、軍旗はちょっとした儀式のなかでフランスに返却された。

美術品回収委員会は一九四九年十二月に解散し、私有財産・利益管理局が引き継いだ。改めて、さまざまな行政機関と再編組織の間でうまく処理する必要が生じた。その結果、略奪された作品と合法的な取引で取得された作品が同列に扱われるという大きな混乱が生じた。

ドイツ政府自体も変わった。ドイツは二つの国家に分裂し、それぞれ独自の主権を持つことになった。ローズは新しいドイツ連邦共和国（ＦＲＧ）およびドイツ民主共和国（ＤＤＲ）と協力して自分の任務を遂行する決心をした。彼女はつねにドイツとフランスの和解を願っており、アメリカ軍が美術品の返還作業を終えて帰国したいと願っていただけに、知らず知らずのうちに親善大使の役割をしていた。アメリカ軍は返還請求がない作品は発見された国、つまりはドイツやオーストリアに残していくつもりだった。

ローズはこれに断固反対した。そうした作品はナチズムの犠牲者に戻すべきで、犠牲者たちを踏みにじって元ナチスのコレクションを充実させるなど、もってのほかだ！　ローズは怒りに震え、抗議の手紙をワシントンに送ったが、それはオーストリアへの作品の移送を遅らせただけだった。この戦いは敗北に終わった。ある意味、ローズがドイツと培った信頼関係のおかげで続けてこられた公正な返還を成し遂げるという長い間の努力は、このようなたった一つの決定で無駄に終わるところだった。

ローズは、イギリスとアメリカの軍政府がドイツの保管所に残っている作品をそのままにして出発しようとしていることをＣＲＡに通報した。そして、「ＣＲＡは美術品の返還が終了したと考えていないこと、またＣＲＡには一定期間中に奪われたものを返還する権利があること、また、承知の通り、ドイツに引き渡されたあらゆる作品は暫定的にドイツの管理下に置かれているだけで、最終的にドイツに所有権があると見なされてはいないことから、それらの作品を監視する権利の維持をＣＲＡは望んでいることをイギリスおよびアメリカの政府に知らせる」ための「動議」を出すよう要求した。あるアメリカ人委員が、フランスは回収作業を再開し、ローズにその指揮を執らせるのがいいだろうと、アルベール・アンローに耳打ちした。

新しい美術品返還機関が設置され、ローズがその責任者になった。ところがローズはすぐ、彼女の自主的な行動が気に食わないドイツにおける国民教育・美術局長のレイモン・シュミットランの嫌がらせを受けた。ローズと直接、対決できないシュミットランは、彼女から部下を、さらには公用車を取り上げたのだ。それが彼女の捜索に不可欠であることを承知のうえでのことだった。

ベルリンが封鎖され、冷戦が始まったドイツ零年に、四年間、ナチスの日々の監視を潜り抜けてきた女性の前進を止めるには、それ以上のことが必要だった。ローズはどんな要求も、どんな手がかりも、満足するまでは諦めなかった。そのためなら、空返事しか期待できない手紙を送るのも、聞く耳を持たない人々に電話をするのも、開かない扉を叩くのも、必要とあらば厭わない。障害が多ければ多いほど、それらの障害を一つ一つ潰すことに躍起になった。

ミュンヘンの集積所もまさに扉を閉じようとしていたが、ローズは何度も業務の継続を要求した。まだ出所が特定されていない多くの美術品と、ナチスが所有するコレクションに由来する三〇〇〇点の作品が残っていたからだ。それらの作品はバイエルン州の大臣がユダヤ人犠牲者のために競売に掛けたいと望んでいた。ローズは作品を推定される故国ごとに割り当てるという解決策を選んだ。こうしてアメリカ軍は二六〇点の美術品を新たにフランスに引き渡した。その後、集積所はドイツ当局の管轄下に置かれることになり、ローズを安堵させた。自分の上司として任命された面々と長い間、良い関係で仕事をしてきたからだ。ローズは、正式な返還が終了するまでは、彼らが競売による売却計画を妨げてくれることを期待した。

そこでローズは「ボン政府が認証するドイツ美術品回収委員会」を設置することを提案した。アメリカとイギリスの軍政府はフランス人がかつての敵を信頼していることに驚いた。そんなことは意にも介さずローズは、各占領地区の代表者を任命する会合で、その委員会を非公式に設置した。代表者はすべて「ヒトラー体制によるあらゆる略奪の清算を誠実に行う」ことを決意した「美術館の人間」ばかりだ。クルト・マルティンがフランス占領地区の代表者になった。イギリス占領地区のドイツ人代表は、パリでローズたちの理解者だったほかならぬヴォルフ・メッテルニヒだ。彼はすでにみんなから尊敬されていた。

ところが、経済の回復を促すために大急ぎで非ナチ化が進められていたこの移行期に、美術の専門家たちは依然としてサタンに忠実だった。一九五一年の春、ローズは、一九四六年からミュンヘンにおけるフランス美術品返還委員会の代表者になっているエリー・ドゥビンスキーから一通の手紙を受け取った。その手紙によると、彼女が提案したドイツの回収委員会は「もはや幻想にすぎない」。羊小屋に狼が忍び込んだというのだ。ミュンヘン集積所は一九五〇年にハインリヒ博士が放棄して、ホフマン博士なる人物（ローズはこの人物を良く知っていた）が占拠し、美術品の回収と返還作業を妨害していた。「ホフマン博士の腹黒く、排外主義で、冷酷な性格はよく知っているでしょう」とドゥビンスキーは書いていた。実際、集積所のすべてのドイツ人専門家を団結させ、アメリカとフランスの機関に対立させたほど彼の影響力は甚大だった。ミュンヘンに戻ったブルーノ・ローゼはホフマンを訪ねると、暖かく迎えられた……。「アメリカ軍はまもなく集積所の管理を完全に放棄します」「アメリカ占領地区の集積所は監視人も置かずに、ドイツ側に引き渡されるでしょう。出所が特定されていない美術品は、フランスには何の保証も与えられずに、ドイツに残されるでしょう」とドゥビンスキーは手紙のなかで結論づけている。

ミュンヘンの集積所がついに閉鎖されたとき、百万点におよぶ作品がまだ残っていた。そのなかの約五万点がフランスに送還された。幸いなことに、ほとんどがアメリカ占領地区で見つけられたもので、アメリカ軍と直ちに協力できたことで作業がはかどった。イギリス軍は組織がバラバラで、行動がのろく、ローズをしばしば苛立たせた。むしろソ連軍は初めから協力を拒否する姿勢で明快だった。それでもローズはソ連側から七四二点の作品を取り戻した。もっとも大半は策略を講じた末にだが……。

ドイツでのローズのポストは、表向きは予算の都合で、即座に撤廃された。ローズ本人と彼女の同僚たちは反抗した。彼女の仕事の成果は認められていたのに、嫉妬を招いたのだろうか？　一度だけのこの決定は、悪意によるものでしかなかった。時の歩みはシンプルに別の方向に流れた。

一九五〇年代はもはや戦後ではなく、復興のときだ。ローズにとっては好ましい状況ではなく、新たな地政学に向き合わなければならなかった。ＦＲＧ（ドイツ連邦共和国）には独自の返還・賠償法があり、ＤＤＲ（ドイツ民主共和国）はそうした法律に同意しなかった。一九五五年以降、ＵＳＳＲは、東側諸国間の「友好」の印として、一九四五年に戦利品部隊が没収した作品をＤＤＲに返却することに同意した。五年後、一五〇〇万点の作品がＤＤＲに戻り、そのなかの絵画作品はドレスデン美術館に収められた。数十万点の残りの作品はどうなっただろう……。ソ連のある人物によれば、紛失したり、消えてなくなったり、もともと存在していなかったということだ。

同じ頃、フランスでは、対立後十年もしないうちに、経済が驚くほど飛躍したFRGと良好な関係を築くことが切望されていた。苦い対立のことは忘れて、共に歩む将来を思い描くことを望んだのだ。苦悩や略奪、何百万人もの死者については握手と新しい協定の調印で闇に葬られることになる。返還のスピードは落ち、やがて止まるだろう。

ローズは、自分が携わる分野に政治が介入することに苛立ちを覚えた。自国の利益のために作品を回収したがっている権力者たちの交渉手法が道義的に我慢ならなかった。彼女は確かに、禁止区域に足を踏み入れたり、身分を偽ったりして平然と法律の網をかいくぐってきたが、それはひとえに、ジュ・ド・ポーム美術館にいたときから自分に課してきた道義的目標を達成するためだった。何らかの現場で、目的を達成するために譲歩が必要なら、どんな外交上の駆け引きも、国際関係の変更も厭わなかった。彼女は必要だからという理由だけで、役割を担い続けるだろう。

フランスに戻るときがやってきた。十年足らずの間に、ローズは美術品返還の大半を達成した。今後の人生すべてを残りの返還に費やすことだろう。

彼女にとって、清算のときはまだ訪れていなかった。

どうやって犯罪者は難局を切り抜けた？

投獄されても彼は変わらなかった。被告席に座ったブルーノ・ローゼは相変わらず蔑むような目つきに薄気味悪い笑いを浮かべ、きわめて堂々としていた。ときおり、二人は警戒するように視線を交わした。ローズは四年間、嫌な思いをしてきた相手と対面しても平然としていた一方で、ローゼは侮蔑的な目で彼女を見つめていた。ローゼに何度も腹を立てていたジュ・ド・ポーム美術館の娘は変わった。体格もどっしりとし、自信も付いた。ちなみに、彼女は少なくとも、結婚することはできたのだろうか？

ほとんどの略奪の共犯者たちは裁判を免れていたが、ERRの幹部たちは、一九五〇年八月三日、パリの軍事裁判所に出頭した。予審のあと二年近く経って、十数人だった被告は六人に減り、単独裁判の判決を待っていた。

ドイツでは、連合国軍が略奪に関わる拘留者を全員釈放した。作品を再発見するために協力したことが功を奏したのだ。ホーファーは略奪された美術品についてかなりのことを知っていた。被告の一人だったが、厳しい取り調べで嫌疑を晴らし、ミュンヘンで美術商の活動を再開し、他国に引き渡されることはなかった。被告席には、パリとベルリンのＥＲＲを引き継いだ多くの局長のうちの三人、ロベルト・ショルツ、ゲルハルト・ウティカル、ゲオルク・エベルトの姿があった。ほかには、斡旋人と翻訳官の役割を担っていた美術史家のアーサー・ファンスティール、そしてフュッセンで逮捕されて以来、このときまでずっと拘留されていたローゼだ。

ローゼはニュルンベルクに拘留されたあと、一九四八年にパリに引き渡され、まずシェルシュ＝ミディで、その後フレンヌに拘留された。フレンヌでは待遇が悪いと愚痴をこぼしていた。拘留者がさまざまな支援を求める相手は、人間を見る目を失うまでに彼らに洗脳された三人のアメリカ人「モニュメンツ・メン」、セオドア・ルソー、レーン・フェイソン、ジェームス・プラウトだった。

ローズにとって、ニュルンベルク裁判で判決を言い渡されたゲーリングを見たことは、プレス室の窓ガラスの後ろで経験した必要なワンステップだった。今回、ローズは起訴に大きく関わった。軍の法務官らには略奪組織という一般的な考えしかなく、ユダヤ人の迫害や大量殺戮における彼らの本当の立場、彼らが暗黙のうちに犯した人道に対する罪がどんなものだったかを知らなかった。ローズは訴訟に提出された資料以上に、そのことを良く知っていた。彼女は、自分が証拠を握っているさまざまな略奪の実行者、すでに死亡した者や不在の者も含めた七十五人の名前のリストと共にＥＲＲに関する完璧な報告書を用意していた。十数通の供述書に署名するために、ローズは尋問に赴くハーリン判事に同伴し、バーデン＝バーデンとパリの間を何度も往復した。ほかの被告よりも、ローゼははるかに大きな報いを受けるべきだ。

ローズはこの裁判で略奪の主たる証人だった。証言台でローゼと向き合い、睨みつけられても、瞬きもせず、震えもせずに、略奪に対する彼の責任の重大性や取引について陳述した。そして、ローゼが絵画を安値で買い戻しながら、その裏で私腹を肥やしてきたことを確信しているということも。ドイツでは、アメリカ軍もフランス軍も、ローゼは盗んだものをどこかに埋めたか、地下壕に隠していると疑っていた。しかし、その点については、ローズの分厚い資料にも証拠は載っていなかった。

予審判事はニュルンベルク裁判で用いられた証言、とくにローゼとホーファーを非難していたグスタフ・ロホリッツの証言を取り寄せていた。検察側は、ローゼがパリの美術商、ジャン・フランソワ・ルフランに宛てた、シュロス・コレクションの手がかりに関するメモを提出した。その手紙でローゼは、ルフランだけでなくほかの密告者にも報酬を払うことを示唆している。「フランス人は結局、国を裏切るんだ。裏切り者は報酬を受け取る資格がある」と書いている。

弁論の段になってローゼは顔を上げた。ほとんどの訴えを否認し、そのほかについては矮小化して語った。彼は、ナチ党員たちの月並みの弁護に倣い、命令に従って任務を粛々と遂行しただけだと主張した。自分は一介の美術史家にすぎず、美術品のリストを作成しただけで、しかも躊躇しつつ、さらには恐怖さえ感じながらやっていたと言うのだった。彼が認めたのは、ユダヤ人家庭が放棄した家具を自分のアパルトマンに置くために再利用したということくらいだった。フォン・ベーアが自殺したことは彼に好都合だった。自分に向けられた非難をすべて、元上司のせいにした。フォン・ベーアは自分を厄介払いするつもりだったが、それを運よく避けることができた！　と断言した。結局、ローゼは監督することを強いられた略奪についてあらゆるイデオロギー的意義を否認した。

ホーファーについての資料はもっといかがわしいように思えた。ホーファーは意見陳述で、自分は専門家としての役割を担っただけで、ゲーリングのためにどんな小さな取引もしていないと述べた。彼にとって幸いなことに、三〇〇点以上の取得作品にゲーリングの名前が記されている彼のコレクションの詳しい記録は段ボール箱のなかに隠したままだった。ホーファーはローゼやフォン・ベーアを軽蔑し、彼らの悪事に加担するのは避けていたし、国民社会主義に少しも共感できないと明言していた。

美術の世界に疎く、戦時中に起こったことに関してはもっと疎い軍の判事たちは、弁護士に説き伏せられるままになっていた。ローゼが集めた、対独協力主義者の美術商、元共犯者、ナチスの同僚らの署名入りの五十通ほどの嘆願書が考慮された。そこには、ローゼの品行方正さが強調され、強制移送されるユダヤ人を救う手助けをしたほどだと論じてあった。フレンヌ刑務所から釈放された元大使のオットー・アーベッツもローゼを支持した。そのあとはローゼの弁護士たちがその才能を発揮した。弁護士のなかには、すでにピエール・ラヴァルとセリーヌを弁護したフランス人弁護士のアルベール・ノーがいる。

弁論手続きの三日後、判決が下った。大半の被告は軽い自由刑を科された。ホーファーは欠席裁判によって十年の強制労働を宣告されたが、刑には一度も服さなかった。

ローゼはただ一人無罪放免となった。

ローズは息が詰まりそうだった。粛清のあとに続いたのは寛大な措置だった。ニュルンベルク裁判はナチスの最後の幹部たちを切り離し、物品の略奪者をホロコーストの殺害者らと同列に扱うことはできなかった。ローズはそのことはわかっていた。しかし、すべてに目をつむって、無罪放免とは？　野蛮人は、どんなにひどい悪行でも、命令を守っただけだと主張しさえすればいいのだろうか？　ウティカルも、検事たちから長い間、略奪を働く中心人物だと考えられていたが、提出されたすべての書類から反ユダヤ主義者であることが明らかになり、無罪放免になった。最後に、被告に発言が許された。ローゼだけが弁明を希望した。彼は立ちあがり、こう言った。

「私は母国に十分貢献したし、国の名誉に反することは何もしていないと思っています」

それから彼は自由の身となり、意気揚々と法廷をあとにした。ローゼが拘置所で五年間過ごしたことが、判事の目にはそれで十分だと映ったのだ。五年という年月は、時代の空気を変えるにも、その判断や判決を変えるにも十分だった。アデナウアーが首相を務める西ドイツで、ジュ・ド・ポーム美術館のダンディーな親衛隊員は非ナチ化した。彼と同様に処罰を受けなかった卑劣な仲間たちに再会し、ミュンヘンで美術商を始め、そこで長きにわたり、穏やかに金儲けをして過ごした。

ローゼが死んだ二〇〇七年、彼がチューリッヒの銀行に預けていた金庫が開けられた。なかには巨匠たちの絵画が一四点あった。ピサロ、モネ、デューラー、ルノワール、ココシュカ、シスレーの出所が不明の作品だ。リヒテンシュタインに創設された財団のカムフラージュのおかげで、ローゼは略奪された作品を販売し続けていたのだ。

さらに、自分の居場所を探す

一九五二年六月四日、国会の発する決定によって、ローズ・ヴァランは国立美術館の学芸員に任命された。五十三歳になっていた。

この任命を彼女はあまりに長い間待ちわびていたため、間違いではないかと思った。もしかしたら、同姓同名の別の人のことかと思いさえした。戦前、ローズはこの肩書に夢を抱いていた。それは、彼女がとりわけ愛していた場所、画像やアーティストたちに囲まれ、アヴァンギャルド芸術を慈しみ、共に創作するためにその奥義を学ぶ場所でキャリアを積むという夢だ。ローズはそこで書物が詰まった小さなデスクを与えられる。蝋引きした木の香りがするそのデスクの上には、湯気の立つティーカップと灰皿が置かれている。ジャック・ジョジャールのデスクでしたように、そこでローズは緑青色のユニフォームを着た侵略者たちの監視の目から逃れて休息する。

いや、そんなローズ・ヴァランなど存在しなかった。その代わりに、ドイツとオーストリアで六万一二三三点の美術作品を回収し、そのなかの四万五四四一点を持ち主に返還した実在のローズは、普通の学芸員などではなかったし、期待していたような姿でもなかった。一九五三年四月三日にパリに戻ったとき、靴三足、数本のスラックス、グレーのスーツ二着、栗色のバッグなど、衣類一式を持ち帰ってきた。ハーフクリスタルのサラダボウルと毛織物のベッドサイド・マットを母国に送る際に、領収書を保存していなかったため、所有物証明書にサインする必要があった。そんなわけで、記録文書を入れた自分の段ボール箱まで、輸送せずに、自ら運んできた。

ローズはナヴァール通りの自分の小さなアパルトマンで、誰にも知られていない二人の生活に戻った。そして、仕事が終わったにもかかわらず、彼女の昇進を妨げてきたのろのろとした役人仕事も再開した。戦争は確かに、卓越した女性たちの存在を世に知らしめたが、一九五〇年代になっても、彼女たちが社会でふさわしい地位を与えられることはなかった。美術品は美術館で自分の場所を取り戻したが、ローズはそうではなかった。美術界は、依然として男性が支配する男性のための世界だった。

幸いなことに、ジャック・ジョジャールはありふれた男性ではなかった。彼がフランス美術館総局の美術作品保護部門の責任者に任命したのは、彼の同僚、ローズだった。この小規模な部署は彼女のために設置されたようなもので、今や独自の返還部門、ＴＶＫ（文化財信託局）を備えるドイツ連邦共和国（ＦＲＧ）と協力して回収活動を続け、美術品を略奪された人々からの返還請求を受領する業務に携わることになった。ジョジャールがルーヴル美術館で行ってきたように、万一、再び武力紛争が起こった場合には、緊急避難計画を作成する務めがローズに任された。ローズは、ハーグ協定を適用して、フランス美術館総局直轄の九百の美術館の優先的に保護する必要のある国家遺産作品のリストを作成した。これらの美術館の学芸員たちが選別した作品には、識別しやすく、また安全確保がしやすいように、マークが付された。不幸にも、ナチスに気に入られた絵画には、画家のサインのあとに所有者名と鉤十字が記されているが、カンバスの裏にはそのような印は見当たらないようだ。

次にローズは、各美術館の近くにある、作品を保護する数少ない隠し場所のリストを作成した。避難場所には、廃止になった鉄道トンネルを徴用したものが十カ所ある。ローズは、岩塩坑ではなく、ベルヒテスガーデンにあるゲーリングのコレクションの隠し場所のことが頭から離れなかった。

ローズは自然とジュ・ド・ポーム美術館に足が向かってしまうことがよくあった。そこで、ある場所をもう一度見たかったのだろう。戦後のジュ・ド・ポーム美術館は彼女がいた頃に比べてずっと平穏になっていた。一九四七年以降、ルネ・ユイグがこの美術館をより近代的な展示方法で印象主義の殿堂に仕立て上げていた。その後、ローズが一九五四年から一九五八年に掛けて、建物の全面的な改修を手掛け、同館のコレクションをポスト印象派、象徴主義、さらには税関吏ルソーに至るまで拡大させた。ジュ・ド・ポーム美術館は戦前の使命、つまり、広く一般市民に、心を汚す心配のないモダンアートを紹介するという使命を取り戻した。

彼女は携わっていた奇妙な任務についてよく尋ねられた。どのようにスパイに変身したのか、どんなリスクがあったのか、どうやってメッセージを伝えたのか、占領時に、閉じ込められていた選別センターで日々、接しなければならなかった腹黒い連中はどんな人物だったかなどなど。ジェームス・ロリマーをはじめ、同僚の「モニュメンツ・メン」の何人かは、すでに証言記を執筆していた。ローズは一九六一年に自身の証言記を出版する決断をした。『Le Front de l'Art（美術戦線）』にパリでの略奪組織の設置からパリ解放までの出来事が描かれている。「戦時中、世界の美しいものを少しでも保護するために闘ったすべての人々」に捧げられたその物語で、ローズは、生き生きとしたユーモアがぼやけてしまうほどの距離を取って、事実の背後に身を隠している。復讐心を露わにすることも、ローゼやフォン・ベーア、ゲーリングの陰湿な人格に言及することさえもしていない。自分に立派な役割を与えることももちろんしていない。最後は、ドイツでの美術品の回収が再開されることを期待して結んでいるが、その日を見ることは決してなかった。

しかし『美術戦線』は多くの読者に読まれ、その評判がアメリカ人のあるプロデューサーの耳に入るまでになった。彼はオルネー駅での列車の話に感動した。レジスタンス活動家の鉄道員がドイツ人たちの行く手を阻むために繰り広げた輸送列車の追跡レースが映画にふさわしいドラマティックな内容だと思った。

一九六四年、パリ郊外で、当初監督を務めるはずだったアーサー・ペンに代わりジョン・フランケンハイマーの監督で撮影が行われた。キャストにはバート・ランカスター、ジャンヌ・モロー、ミシェル・シモンなどアメリカとフランスの俳優が勢ぞろいした。この映画『大列車作戦』はローズの行動を称賛するものではなく、敵の輸送を妨げるために自分たちの機関車、線路、駅を故意に破壊したフランス人鉄道員たちの勇気を称賛するものだった。映画には悲劇が必要で、複数の人々が命を落とす。

ローズは撮影現場に招待された。そっぽを向いて仏頂面をした若きジャンヌ・モローの隣で少し当惑した様子のローズが立っている写真がある。何台ものカメラ、まぶしい照明、人々が忙しく動き回る雑然とした雰囲気のなかでローズは落ち着かない気分だったが、不快ながらも馴染みのある光景にも思えた。

突然、ジュ・ド・ポーム美術館を再現した部屋に、軍服姿のナチスの一団が現れた。するとローズは二十年前にタイムスリップした。一瞬、エキストラや衣装を着た俳優に囲まれた映画のセットのなかにいることを忘れてしまった。シュザンヌ・フロンが自分の分身を演じていることさえ忘れてしまった。彼女はジュ・ド・ポーム美術館で一人、ゲシュタポに取り囲まれていた。するとローズは思わず涙ぐんだ。戦時中、禁じていたことなのに、今頃になって涙ぐむなんてと驚きつつ、彼女は逃げる出口を探した。

試写会で感情を落ち着かせたローズは、アクション映画という性質上、多くのことが変更されていると率直に感想を述べた。彼女が経験したことに最も近いシーンは、おそらく、ヴィラール女史なる人物を演じているシュザンヌ・フロンがポール・スコフィールド演じるドイツ人将校と話しているオープニングのシーンだ。一九四四年八月二日、連合軍がパリに近づいている頃、二人は「殉教者の部屋」と思しき部屋で、壁に掛けられたゴーギャンやルノワールの作品を称賛しながら語り合っている。ヴィラール女史はフォン・ベーアを思わせるヴァルトハイム大佐に、占領中、「退廃」芸術作品を保護してくれたことに対する礼を述べている。将校は、芸術を美しいとか美しくないとか判断するのはおかしなことだと認めた。それから、兵士たちに大急ぎですべてを梱包し、列車でドイツに輸送するように命じた。

ヴィラール女史はすぐ、レジスタンス活動家の鉄道員たちに連絡し、有名な画家たちの名前を挙げて、「国家遺産」や「フランスの誇り」を積んだ輸送列車を止めて欲しいと頼んだ。レジスタンス活動家でもある操車係長のポール・ラビッシュ（バート・ランカスター）は、そんなことより、武器と補給品で満杯の列車のことで忙しいと躊躇していたが、結局、その役目を責任をもってやると引き受けた。そのあとは、列車がドイツに向かうのを阻止するために、爆発物を使い、さまざまな巧妙な手口を駆使する列車の追跡レースが繰り広げられる。この映画はとくにアメリカで多くの観客を惹き付けたが、観客の印象に残ったのは、ヴィラール女史の「自分の」絵画に対する愛よりも、バート・ランカスターとジャンヌ・モローのつかの間の抱擁のほうだった。この興行収益から、ローズはほとんど何も受け取らなかった。

パリまでローズに会いに来た二人の脚本家、フランク・デイヴィスとフランクリン・コーエンに戦後の美術品返還活動に関する映画を作ることをローズが提案したときに、映画『大列車作戦』はまだ公開されていなかった。感激したコーエンは『財宝』というタイトルをすでに決めていた。

ハリウッドとパリの間で心のこもった手紙のやり取りがあり、ローズはいつか、彼女の本当の物語がスクリーンに映し出されることを期待した。しかし、映画製作会社はローズが没頭してきた資料と同じくらい回りくどく、この新しい映画は日の目を見ることは決してなかった。コーエンが『大列車作戦』から着想を得た物語を、『美術戦線』が配本されていないアメリカ市場向けに書くのは、一時期、問題があった。ローズはこう返事をした。「脚色を担当する予定の人物に私の本の脚色をさせることを、税抜き一万ドルの著作権使用料でユナイテッド・アーティスツに許可します」。この金額がアメリカのスタジオにとってささやかな金額であることにローズは気が付いていた。納得がいくものでなかったが、考えが行き詰まり、誰もこの件について話さなくなった。

それでも、ローズは『大列車作戦』の公開に際していくつかのインタビューの要請に応じた。製作スタッフに対して、「戦時中の美術品略奪の問題を、映画を見る一般市民に広く提起してくれた」ことに感謝の意を表した。そして、「皆さんは自由のため、また芸術的才能を守るために闘った国民の闘いを忘れられない形でよみがえらせてくれました」と感謝した。雑誌『Elle』は「財宝を救った女性」と題した美しいポートレート記事を掲載した。その記事には、身ぶりをつけて語っているローズの写真が三枚載っていた。「確かに、フィクションは真実を歪めます。それがフィクションの法則ですから」とローズは繰り返し語った。「でも、その本質的な重要なメッセージは残っています。たとえ、それが冒頭で触れられただけだとしても。人間は、絵画を盗んでも、一国の魂までは盗めません」。いくつかの批判を受けて、彼女はこう念を押した。「勇敢な鉄道員が本当に列車を止めることは不可能でした。一九四四年八月十五日にアウシュヴィッツに向かう最後の強制移送列車を妨害することもできなかったのです」

この映画の公開によって、ローズを無名の存在から連れ出し、忘れ去られた影の軍隊のことを一般大衆に知らせ、彼女のたゆみない追跡ミッションを後押しする政策を推し進めるべきだったろう。しかし、実際に起こったことはまったくその逆だった。

ローズは自分の部署で決定を下す権利を取り上げられてから、政府の略奪に対する関心が薄れたことに気が付いた。一九五九年、アンドレ・マルローのために取って付けたように文化省が設置された。二十二歳のときにカンボジア寺院で自身が略奪を働いたこの偉大な芸術通なら、ローズが関わるテーマに特別の関心を寄せてくれるかもしれないと期待された。しかし、熱しやすく冷めやすいマルローの情熱的なエネルギーは、別の分野を開花させるほうに向かった。マルローが文化相を務めた十年間で、三つある官房のただ一つの官房も略奪問題を担当することはなく、保留中のこの件はまったく話題にのぼらなくなってしまった。

一九六〇年にアンドレ・マルローが三人の男性を伴ってある展覧会を訪れた際に撮られた写真がある。遠景に、顔を反対側に向けてある人物に微笑みかけているように見えるローズ・ヴァランが写っている。一つの部屋にいながら、彼らは同じ方向を向いていない。

しかし、彼らには共通点があった。二人とも、つましい家庭で育ち、子供時代のことは何も語らない。芸術と文化遺産に取りつかれ、パリのエリートたち以上に、芸術や文化遺産を広めたいと願っていた。決して語られない私生活を犠牲にしてまで仕事にのめりこむ。しかし、一方は修了免状を持たない独学者で、他方はさまざまな学問的資格を積み重ねてきた。男性のほうはド・ゴールから顕彰され、女性のほうは政治政党には一切くみしない。権力者にはなおさらだ。

ローズはド・ゴール将軍を称賛していたが、ド・ゴール大統領にとってローズは、アルジェリア戦争や六八年の学生運動、ニール・アームストロングの月面着陸と同じくらい無縁の存在のままだった。ローズは私生活では同時代の出来事について議論していたが、自分の政治的考えは仕事の妨げにならないように内に秘めていた。彼女が「権力者」さらには「この世の偉人」と呼ばれる人々を警戒するのは、彼らの権力が害をもたらすことが非常に多いからで、彼女は生きるうえで、彼らを必要としたことは一度もなかった。この無関心はおそらく自尊心のようなもので、権力者の誰か一人を公然と支持した場合より、彼女のためにならなかった。彼女を感動させるのは芸術家だけ、そして有名になることなど期待することなく、ひたすら芸術家を支援する者たちだけだ。

それでもローズは、ド・ゴールが一九五八年にアデナウアーを招待したことは評価せざるを得なかった。アデナウアーに渡仏するよう説得するため、ド・ゴールはコロンベの自宅に彼を招待し、ドイツの従兄弟のようにもてなした。ざっくばらんな会話は共和国のきらびやかな官邸での会合よりはるかに良い効果をもたらした。これこそ、ローズが賞賛した方策だ。五年後、エリゼ条約によって、フランスとドイツの和解が確認された。それはローズにとって非常に大切なことだった。

マルローとローズはおそらく理解し合えたことだろうが、かつてのならず者は誘惑したいと思う女性しか見ていなかった。そのため、遠景の女性に視線を向けなかったし、誰も彼女をマルローに紹介しようとしなかったため、マルローは、眼鏡の奥で顔を固くし、手を唇に押し当てて、作品の鑑賞を続けていたのだ。

一九六二年、マルローは、アメリカとの外交関係を良好に保つことに腐心し、《モナリザ》に新たな旅をさせるために輸送ケースに梱包させた。旅先のニューヨークでは、千五百万人以上の観客が有名なヨーロッパ随一の「微笑み」を見に押しかけた。お世辞の上手なジャクリーヌ・ケネディは、「あなたはルネサンスの人間ですわ」と、マルローに言った。

ジャック・ジョジャールは、権力と野心のずれの被害を被っていた。当初、美術品回収のもう一人のヒーローはその業績にふさわしい敬意を示され、新設の文化省で事務次官に任命された。その後、退職直前には同省の各部署と共同で、フランス国内や海外での美術展開催などさまざまな公務を担った。ところが次第に、重用される機会が減ってきた。一九六六年、マルローは、別の名誉職を用意すると約束して、突然、ジョジャールを解雇した。名誉職は決して与えられなかった。その数カ月後、ジョジャールはこの世を去った。

ローズのほうは、ベリエ通りの小さなオフィスに毎日通っていた。朝から晩まで書類に没頭して、少し頭がおかしくなったようにも見えるこの婦人は、記録文書の処理以外の人生を送ったことがないように見えた。書類を選別したり、分類したりしているように見えたが、彼女がドイツの同業者と手紙のやり取りをして、アルノー・ブレーカーのコレクションのことや、ドイツやオーストリアの美術館のために購入された作品、両国の競売会社の活動などについて調べていることは誰も知らなかった。

一九六五年四月のある日、ローズはフランス美術館総局長のジャン・シャトランから手紙を受け取った。その手紙でシャトランは彼女の立派な活動に感謝の念を述べたうえで、作品の調査を断念して欲しいと書いていた。「数々の財産さらには人々が受けたこのような悲劇的事件の結果を時効にするという考え方が倫理的にショックなことは十分わかります。しかし、過去にその惨劇に遭った人々だけでなく、今、生きている人々、彼らのあとに来るすべての人々のことも考慮する必要があります」と続け、「平和と友愛」を望む人々のために、そして「これからやって来るすべての人々のために、過去を水に流すことも必要です。確かにまだ返還されていない作品がたくさんあり、あなたはその調査を続けて下さっていますが、残っている作品の処理は生存者たちに任せても、死者に対する敬意が失われることは決してありません」と結んでいる。

ドイツで見つけ出され、所有者あるいはその子孫を特定できていない作品のうち、一万二四六三点は公共財産として競売に掛けられ、二一四三点は「回収国立美術館」用としてMNRというロゴを付して国立美術館に預託された。これらの作品は、その所有者を確認する一助にする目的で、一九五〇年から一九五四年に掛けてコンピエーニュ城美術館で展示された。その後、各美術館に戻され、ヨーロッパが良心の呵責なく再建されることを願って、その扉が閉じられた。

ゲーリングが奪った多くの作品は依然として返還されていない。それらの作品はミュンヘンの美術館に預託され、一部は売却された。次の年、重要でないと判断された作品は競売に掛けられた。ローズがその生涯を懸けて関わった資料は年を追うごとに開かれなくなった。

ローズは絶望的な気持ちになり、自分たちの絵画を探している家族ではなく、真の所有者の家族を探している絵画を絶対に見捨てまいと決意した。七十歳になっても退職することに同意しなかったのは、ひとえに、すべてを失ったと思われる誰かにほんの一部でもその財産を返却するために、何らかの手がかり、名前、来歴の一つでも探すことに自分の時間を費やそうとしたからにほかならない。生きるために残された十年ほどの間、ローズは、ジュ・ド・ポーム美術館のボランティアに、部屋の片隅で控えめに仕事をするレジスタンス活動員に、そして、突然、たった一人になったように見える「世界中の美しいものをたとえほんの少しでも保護する」ことを願う美術大尉に戻った。

存在を消す沈黙

一九七二年秋、ローズは美術界に尽くした奉仕に対してドイツ連邦共和国功労十字章を受勲した。この受勲に彼女はとりわけ感動した。ローズがフランスのコレクションに対するのと同じ理由から、同じように心を砕いたことを心の祖国が理解してくれたからだ。彼女はこの勲章の「新しくかつ重要な性質」についてドイツの文化参事官に力説した。「この勲章は過去の敵対関係を乗り越えて、国境のこちら側とあちら側から、友好的に結びついた一つのヨーロッパへと私たちを導いてくれる平和的な進展を表しているように見えませんか？」

ある晩、『大列車作戦』がテレビで放映され、そのあとの討論番組「Dossiers de l'ecran《ドシエドレクラン》」〔社会問題を扱う映画を放映したのち、その映画について討論するフランスのテレビ番組〕の討論に参加したローズは、熱を込めていくつかの真実を明らかにした。テレビを見ていた一般市民は、略奪の本当の物語、鉄道での抵抗活動の重要さについて語られるのを初めて聞いた。ローズはステージ上で、映写機のむき出しのライトを浴びるなか、言葉を遮る男性陣に囲まれ、居心地が悪かった。このような形でメディアに取り上げられても、美術品の返還状況に対する関心を期待したほど呼び覚まさなかったことで、ローズはすっかり疲れてしまい、孤独な戦いのなかに閉じ籠ってしまった。ベリエ通りのオフィスに通ってくる彼女を、人々は老人の気まぐれだからと大目に見て、好きなようにさせていた。ジョイスのほかに、彼女と真面目に向き合う者は誰もいなかった。怒りっぽくなった彼女は反感を買うようになった。

ジョイスにとっては、ローズとは異なり、退職は若返ることだった。というのも、彼女は退職して学生に戻ったのだ。古代に強く惹かれ、ヘレニズム研究に真剣に取り組み、二世紀のギリシャの地理学者で旅行家のパウサニアスを博士論文のテーマに選ぶまでになった。ローズとジョイスはヨーロッパ旅行を楽しみ、ジョイスの研究に彩りを添えるためギリシャにも足を伸ばした。その後、ジョイスはしつこい頭痛とめまいに悩まされるようになり、研究は滞り、旅行も先伸ばしされるようになった。医師の診断を受けたところ、別の検査を受けるよう勧められた。検査結果が出た日、霊安室のような真っ白の部屋に圧倒的に冷酷な言葉が鳴り響いた。

治療不可能な腫瘍がジョイスの平衡感覚と記憶、しっかりとした足取り、際限のない教養を攻撃し始めた。顔の輝きと笑いを取り戻し、寛解が可能なように思えた数カ月が過ぎ、六十歳の誕生日を祝ったあと、ジョイスは次第に無気力になり、弱っていった。ある日、起き上がることができなかったが、そのことに気づいているようには見えなかった。ローズはジョイスをピティエ＝サルペトリエール病院に連れて行き、一人でナヴァール通りに戻った。毎日、病院に通い、ドアの後ろにつらい思いを残して病室に入ると、本を朗読し、いつものように語り合い、さまざまな計画を立てるのだった。ジョイスはひどく弱り、論文の執筆を続けられなくなった。彼女の指導教授、フェルナン・ロベールが枕元にやって来て、審査員はジョイスに博士号を授与すると告げた。彼女はほとんど意識を失っていたが、手を押して、「わかりました」と合図した。ローズは『パウサニアスの人格』を自費出版すると約束した。フェルナン・ロベールは署名入りの序文を書き、その序文で、長年、秘密を保ってきた二人の女性の強い結び付きを細やかな配慮をもって強調することだろう。

最後が近づいて来たとき、ロベール、ジョイスの弟、その妻ヴィッキーが病室を訪れ、ジョイスのそばに長い間付き添っていた。病院を去るとき、彼らはローズに友情を誓った。二人が共同生活をした三十五年の間、そんなことを言ってくれた人はほとんどいなかった。

一九七七年八月のある晩、ジョイスの顔から青白い光線が消えると、ぞっとするような冷気がローズを襲った。

ローズはジョイスの遺体をサン゠テティエンヌ゠ド゠サン゠ジョワールに送り、自分の家族の地下墓所に埋葬した。墓石には、従兄弟のアドリアンのすぐ下に博士号を冠したジョイスの名前を彫ってもらった。この名前が自分の名前より先に冷たい石に刻まれるとは夢にも思っていなかった。これまでずっと自分の村の外でジョイスを見守って来たローズは、今、この村に永遠に彼女を迎え入れたのだ。

心の灯を奪われ、今度はローズが無気力に陥ったが、自分ではそのことに気が付かなかった。

歳を取っていくローズを見て、彼女に好意的な者は彼女の記録文書を専門機関に託すよう勧めた。ローズはこう答えた。「フランス美術館総局はこれらの記録文書は異質なものと捉えています。ですから、彼らのコレクションに加えるつもりはないのです」。一方、外務省は、それらの資料はコルマールにある占領資料館に送るべきで、資料館は今こそ、そのためのスペースを作るべきだと考えた。しかしローズは、ジュ・ド・ポーム美術館で記したノートのことを思い出し、「公的な保管場所に緊急に引き取ってもらうべきです。さもないと、資料は放棄され、完全に損失してしまうでしょう」と主張した。最終的に彼女はすべての記録文書を美術館総局に委ねた。ゲーリングのコレクションの目録はいまだに数千個の段ボール箱のなかで眠っている。

ローズは『Dauphine libéré《ドーフィネリベレ》』［フランス南東部、ドーフィネ地方の日刊紙］のあるレポーターにだけは例外的に心の扉を開いた。このレポーターは、ある日中にローズに会い、「小綺麗に化粧した」「八十歳にしては驚くほど若々しく」、ジュ・ド・ポーム美術館について語り始めると「熱を帯びてくる」このマダムをチャーミングだと思った。ローズは彼のためにドーフィネ地方に対する愛着、戦争のこと、芸術に対する愛について、自らの勇気ある行動を強調することなく、生き生きと語った。それは随分と昔のことだ。だが、彼女にとって「それ」は決して終わっていなかった。

世間から切り離されても、ローズはある病のために一九八〇年九月十八日にリゾランジスの介護施設に入居する決断をするまで働き続けた。最後に一つだけ秘密を残して。最近のメモにはこう記されている。「ローズ・ヴァランのフランス美術館総局における任務は再び更新された」と。しかしどんな任務なのかは詳しく記されていない。

九月二十二日、サン＝テティエンヌ＝ド＝サン＝ジョワールの人気のない墓地で、ローズの埋葬が行われたことに気が付いた者はほとんどいなかった。あとに残った家族、数人の村人、そして村長が彼女の墓の前で頭を下げた。レジオン・ドヌールのオフィシエ、芸術文化勲章のコマンドール、レジスタンス勲章、アメリカの自由勲章、ドイツ連邦共和国功労十字章など、フランスで最も多くの勲章を授与された女性の葬儀に国の代表者は誰一人参列しなかった。

当時の文化大臣、ジャン＝フィリップ・ルカは姿を見せなかった。誰もローズ・ヴァランが亡くなったことを知らせなかったからだ。「感受性が鋭く、思いやりがある人物」だと思われていたフランス美術館総局長のユベール・ランでさえも来なかった。ジャン＝フィリップ・ルカはあとでこの告別の場を逃したことを知り、嘆くことになる。「共和国は、勇気をもって数々の価値あるもののために尽くし、成果をもたらしてくれたこの女性に、どうして最後の別れの挨拶をしなかったのでしょう？　私は説明できません」と、約二十年後、ローズ・ヴァラン記念協会にそう書き送っている。元文化大臣は痛恨の意を表した。「私は謙虚ということを思い知らされました。国は耳を塞ぎ、目を閉じることが多すぎます。確かにローズ・ヴァランは国家に仕えたわけではありませんが、そんなことを超越する考えを持っていました」

十月十六日、アンヴァリッドにおいてローズに対する哀悼の意が正式に表された。そのときは、ユベール・ランデをはじめ学芸員たち、そしてとりわけ、ジュ・ド・ポーム美術館で結託してローズを手助けした多くの美術館警備員らが参列した。もし、彼女が自分の葬儀に参列できたとしたら、学芸員たちに光を当て、自分は喜んで警備員たちと共に座り、芸術の守護天使の崇高な役割を演じたことだろう。

参列した別の女性はローズをよく理解していた。ルーヴル美術館の作品の避難に関わった学芸員のマグドレーヌ・ウルスは、後に自分の回想録にこう書いている。「非常に根気強く、何度も自分の命を危険に晒したこの女性、学芸員に敬意を表し、非常に多くのコレクターたちの財産を守ったこの女性は、たくさんの敵意を向けられるとき以外、関心を向けられなかった。感謝されることはなく、格調の高さが趣味や形の問題で、心の問題ではない世界では、偉大さは邪魔になるだけだ。ローズ・ヴァランの生涯は失望の連続だった」

彼女が絶対に秘密にしていた私生活と行動は彼女の名前が消し去られた以上に跡形もなくなった。穴だらけのローズ・ヴァランの存在には黒魔術が支配する奈落がある。彼女には生き生きとしたイメージがまったくない。どんな映画にも、どんなホーム・ビデオにも、どんなドキュメントの断片にも、ぼんやりと、あるいはほんの一瞬映ったフィルムにも、後景にあるいはたまたま映った映像にも。二十世紀のほとんどすべてを、カメラに捉えられることなく生きたことは、彼女がそれを望まなかったとしても、彼女が成し遂げた離れ業だ。

「ドシエ・ド・レクラン」への出演の記録はどこにも保存されていなかった。かろうじて文字起こしされた討論の録音しか存在しない。提供された音声データはもっと少ない。ほんの数分のラジオのインタビューは、教師口調が面白く、その内容よりも、その珍しさに感動する。『美術戦線』の続編の原稿も失われた。一九四五年以降について、つまり最初の美術品返還についてあまりに多く言及しているからだろう。許可申請に対する返答で、ローズは脅迫を受けたようだ。戦争は一つの出来事だが、その後の重要ポストに就いた者たちの名前は、物語にはっきりと推測できる形で出すべきではなかったのだ。

ジョイスと交わしたたくさんの手紙も失われた。ドイツで過ごした数年間には、数々の写真、印象的な思い出、明確な意見、大きな希望などについて大いに語り合ったと思われる手紙が盛んにやり取りされた。そこには、きっと彼女の本当の声が響いているに違いない。いとこのマルゲリットとの定期的な手紙のやり取りには、晩年の疲労感と倦怠感を吐露しながらも、他人に対する気遣い、自分の家族に対する深い愛情が示されている。しかし、ローズはジョイス以外のいったい誰にすべてを語っただろう？　その手紙がない以上、ローズの本当の気持ちは厳しい目で見る者の誤った印象に委ねた推測の域を出ない。

二〇二二年現在、MNRスタンプが押された二一四三点の作品がフランスに残っている。そして、それより多くの、分類ラベルの付いていない作品が行方不明になっている。個人のサロンや銀行の金庫に隠されているか、闇の美術市場の怪しげな流通経路で出回っているのだろう。

だが、そんな絵画がずっとあとになって意外な場所に姿を現したとしても、そのような絵画の秘密は歴史の漠たる領域から出てきはしない。所有者から乱暴に奪い取った作品を探し、返還し、誰も忘れていない過ちを修復することに人生を捧げ続けること。それは、ローズ・ヴァランが最後まで全力を傾けたシンプルな行動、つまり、絵画を自宅に連れ戻し、それを愛していた人の部屋の壁に掛け、安らかな心で見つめることを受け継ぐことだ。

あとがき

ユダヤ人家庭所蔵の美術品の略奪と没収、過去から現在

エマニュエル・ポラック（美術史家）

文化資産の略奪と没収はホロコーストの重要な要素だ。今日もまだ、略奪や没収が占領政府の命令によって、またヴィシー政府の法律に基づいて実施された迫害政策がもたらした結果の一つだったということを強く訴える必要があるように思われる。第二次世界大戦の真実を知らないことが多い若い世代に伝えることは重要なことだ。そのためには、ドイツ人の「略奪」の根拠となったイデオロギー、さまざまな部局間の対立、在パリ・ドイツ大使館の役割、フランツ・フォン・ヴォルフ＝メッテルニヒ伯爵[1]が率いる芸術作品保護局の活動、略奪の公式執行機関である全国指導者ローゼンベルク特捜隊[2]の活動についても明確に説明する必要がある。

戦後すぐ、現代ユダヤ・ドキュメンテーション・センター長のアイザック・シュニールソン[3]は、『在仏ユダヤ人所蔵の芸術作品および叢書のドイツ人による略奪』に関する初期の資料集の一つの序文で次のように主張している。「（ナチズム）とその許しがたい権力乱用の罪［…］（反ユダヤ主

義というイデオロギーを振りかざして）フランスの芸術遺産のなかからあらゆるものを横取りした罪について、あまり知られていない側面に光を当てるときが来た。有名な絵画や高価なブロンズ像を手に入れるため、国民社会主義の最も手ごわいリーダーたちが陰湿で執拗な争いを繰り広げ、フランス国内のいたるところで下劣な駆け引きを錯綜させていたことが今ではよく知られている。しかし、彼らはつねに体面を取り繕っていた。それは、できる限りたくさんのフランスの美術品をドイツ国内の美術品隠し場所（もちろん各自それぞれの隠し場所）に送っておきながら、偉大な戦勝国ドイツの正当で不可侵の権利を声高に宣言する必要があったからではなかろうか？とりわけ、ユダヤ人の所蔵品については、もっともらしい口実を付ければ、責められにくいからではなかろうか？」[4]

上記出版物は美術の専門家という限られた枠を超えて広く関心を呼び、美術品だけでなく、叢書の没収・略奪について（その大部分は主にヴィシー政府の公正さを欠く法律によってフランス国籍を失ったユダヤ人家庭からの没収・略奪だが）、率直に言及している。全体を通して、記録文書にしっかりと基づいて、ナチス・ドイツが犯した芸術作品の強奪キャンペーンの際立った特徴を明らかにし、ヨーロッパからユダヤ人を排斥するプロセスのなかで、略奪がどんな役割を果たしたかが鮮明に語られている。

歴史的背景がとりわけ生々しく語られ、文化資産没収がいかに大々的に行われていたかがよく理解できる一方で、私たちが関心のある分野におけるローズ・ヴァランの称賛に値する行動に言及しているのはたった二つの短い文章のみだ。ローズ・ヴァランについては、当出版物の監修者であるジャン・カスー[5]が次のように記している。「たとえば、ジュ・ド・ポーム美術館のこの勇敢なアシスタント、ローズ・ヴァラン氏は奪われた作品とその送り先に関する情報を一つ一つ非常に綿密に記録してきた。時が来れば、真実を明らかにするうえで、世に知られていない彼女の仕事が非常に貴重であるように思われる[6]」

未完成の歴史

第二次世界大戦直後に、「ジュ・ド・ポーム美術館の婦人」の役割が軽視されたことにはさして驚かない。しかし、占領期間中に施行された反ユダヤ主義的法律の適用によって実施された没収および略奪の犠牲者たちの文化資産の返還に彼女が大いに関与した事実が未完成の歴史のなかで消し去られてしまったことには唖然とするほかない。ローズ・ヴァランは、フランスから略奪された美術作品の痕跡を探すために十年近くも滞在したドイツから戻ると、一九四四年に設立された美術品回収委員会に正式な委員として参加した。この委員会は一九四九年十二月まで活動を続け、六万一二三三点の文化資産をフランスに送り返し、そのうち四万五四四一点は略奪の犠牲者またはその直系遺族の返還請求に基づいて返還された。公共財産庁はドイツから回収された作品で返還先が不明の作品（一万二四六三点）[7]を競売によって売却する任を負った。選別委員会が選別した二一四三点の作品は、回収国立美術館用としてMNRの略号を付して一九五四年から一九九六年まで国立美術館総局の管理下に置かれた。一九六〇年代、七〇年代、八〇年代は民間の芸術遺産の没収に関する問題は棚上げされた。

記憶の転換

この問題に光が当てられるまでには、一九九〇年代半ばの史料編纂の転換期、より正確には一九九五年七月十六日まで待たねばならなかった。ヴェロドローム・ディヴェールのユダヤ人大量検挙の五十三周年追悼記念式典の折に、当時の共和国大統領、ジャック・シラクはフランスのユダヤ人強制移送におけるヴィシー政府の責任を公式に認めた。この記憶に対する態度の転換は重大な結果をもたらした。ナチスおよびヴィシー政府による略奪文化資産の問題が討議対象になったのだ。

一九九三年、歴史家のロランス・ベルトラン・ドルレアックは、その著書『敗北の芸術 *L'Art de la defaite, 1940-1944*』（一九四〇－一九四四）[8]で、占領期間中に美術品の所有権移転が非常に多かったことを初めて明らかにした。その流れで、一九九五年にフランス語版が出版されたアメリカ人歴史家、リン・H・ニコラスの研究書『ヨーロッパの略奪』[9]は、フランスの状況を他の被占領国、とくにオランダの状況と比較し、この件に対するヨーロッパの見解を示している。プエルトリコのジャーナリスト、ヘクトール・フェリシアーノ[10]は一九九五年に、ベルネーム＝ジュヌ、ダヴィッド＝ヴェイユ、ローザンベールの各コレクションやロチルド家所蔵コレクションの没収・略奪の歴史を描きながら、この問題に関する入念な調査を公表している。

ＭＮＲの略号を付した作品の管理に着手したフランス国立美術館は、一九九六年十一月十七日、ルーヴル学院のロアン大教室で、フランソワーズ・カシャン[11]議長の下、会議を開催した。共和国大統領ジャック・シラクの態度表明の具体的な結果の一つは（この表明は、政党の対立を超えて社会党の上院議員、ロベール・バダンテールが称賛した）、一九九七年一月二十五日、レジスタンス活動員ジャン・マテオリの指揮下で「一九四〇年から一九四四年の間の、占領当局およびヴィシー政府による在仏ユダヤ人所蔵の資産・動産・不動産の没収状況、または全般的な不正・暴力・詐欺による取得状況」の調査を担う委員会が設置されたことである。[12] 二〇〇八年に、マテオリ委員会の結論を受けて、フランス国立美術館総局はＭＮＲ作品の展示会を企画した。まず、二〇〇八年二月十二日から六月三日まで、エルサレムにあるイスラエル美術館で「所有者探し」と銘打ち、続いて、二〇〇八年六月二十四日から九月二十八日まで、パリのユダヤ歴史博物館で「この絵画は誰のもの？」というタイトルで展示会を開催した。

政府の飛躍

二〇一三年三月、元老院における文化・教育・通信委員会の情報担当委員の後押しで、文化・通信大臣、オレリー・フィリペティは、もはや権利継承人の主張を受動的に待たないで済む手続き方法を決定した。ある作業部会は、略奪された疑いが濃厚だと思われるMNR作品の来歴を辿ろうとした。こうした新しい態度は文化省の行動がより自発的になったことを反映しており、一九九八年のワシントン宣言[13]の原則および二〇〇九年のテレジーン宣言[14]の原則に従って、略奪作品返還のための政府の関与が前進したことが推測される。二〇一六年二月以降、新たに文化・通信大臣に任命されたオードレ・アズレは返還の道義的目標を再確認した。二〇一八年春、ある高級官僚と上院議員が二つの報告書を公表し、新たな飛躍をもたらした。その一つは文化省付き遺産・建築担当評議員、ダヴィッド・ジヴィが執筆した報告書で、文化機関に存在する略奪資産の管理の現状確認を記したものだ[15]。二〇一八年三月にフランソワーズ・ニッセン文化大臣に提出されたこの報告書は、回収美術品の来歴を調べる仕組みの現状を改善するために必要な一定の進展を求めるものだった。そうした観点から、二〇一九年四月、文化大臣の省令により、一九三三年から一九四五年の間に略奪された文化資産の捜索および返還委員会が設置された。最後に、しかし重要なことだが、来歴の追求は一九三三年から一九四五年までの間に美術館が取得したものにまで拡大された。

今日の返還：課題

占領期間中に不正に取得された資産の返還には、フランス国立美術館の公的コレクションは譲渡できないという原則が壁となっていた。ところが、国有コレクションの目録に記載されている文化資産を目録から除外できる唯一の法律がある。そうした観点から、二〇二三年一月、現文化大臣、リマ・アブドゥル＝マラクの文化部門担当にその要望を提出した際に、公有財産に属するユダヤ人家庭所蔵の略奪資産の返還に関する基幹法の案を国会で審議する約束がなされた。

真実を求めて

美術品は確かに没収資産のごく一部にすぎないが、世間の注目を集めているという幸運な立場にある。一般大衆、とくに若い世代が返還に強い関心を寄せている。ジェニファー・ルシューの本書がその証拠だ。この作品に描かれている事実が起こったおよそ八十年後に、著者は歴史家として行動した。真実を突き止めたいという気持ちだけが彼女を著作へと駆り立て、そのために、公文書館の資料の中にその手がかりを探し求めた。略奪に関する文書やピエールフィット・シュール・セーヌ国立文書館［三つある国立文書館のうちの一つ。フランス革命以降の文書が所蔵されている］の美術関連文書を詳しく調べた。また、ラ・クルヌーヴの外務省外交文書センターにも足を運び、美術品回収資料を綿密に調べた。リヨンのレジスタンス・強制移送歴史センターにも問い合わせた。さらに、最近、グルノーブルのイゼール県レジスタンス・強制移送博物館に寄託されたモーリス・ガイヤール＝フレデリック・デストゥルモーの未発表の資料まで閲覧している。ローズ・ヴァランの人間性をより明確にするために、ジェニファー・ルシューはローズ・ヴァラン記念協会に連絡を取り、当協会のジャクリーヌ・バルタレイ会長に会って話を聞いた。また、ローズ・ヴァランの壮烈な運命の物語を書くことについて、彼女の又従妹、クリスティーヌ・ヴェルネイの同意を得た。ローズ・ヴァランの近親者についても調べた。「美術大尉」だったローズの痕跡やアメリカ人の同僚たちについての情報を求めて、ミュンヘンやフュッセンまで出向いた。さらに、イギリスのトーキーにまで足を伸ばし、ローズ・ヴァランのパートナー、ジョイス・ヘールの甥たちにも会った。

ジェニファー・ルシューは、二つの歴史的プロセスを明らかにしたいという熱い思いで、歴史を直視した。その一つは占領期間中に在仏ユダヤ人が所蔵する財産が没収および略奪された歴史、そしてもう一つは、略奪対象となった、あるいは対象にならなかった財産の返還および賠償の歴史だ。ジェニファー・ルシューはその見事な筆致で、ローズ・ヴァランに明確な誠意をもって敬意を表し、明晰さと勇気をもって、彼女に対して私たちが負っている無尽蔵の負債に取り組むときが来ていることを訴えているのだろう。

あとがき原注

1 フランツ・フォン・ヴォルフ＝メッテルニヒ（一八九三〜一九七八）、一九四〇年から一九四二年までフランスにおけるKunstschutz（芸術作品保護局）の責任者。

2 第三帝国の観念論者、アルフレート・ローゼンベルク（一八九三〜一九四六）がベルリンから指揮する略奪実行部隊。専門文献では通常、略号のERRが使用される。

3 アイザック・シュニールソン（一八八一〜一九六九）、ロシア出身の実業家、ユダヤ人コミュニティーの四十数人の責任者を集めて、膨大な記録文書コレクションを設立。当コレクションの文書はニュルンベルク裁判の審理の折に、とくに貴重なものが作成された。

4 近代美術館の主任学芸員、ジャン・カスー監修によって刊行された文書およびドキュメント集『在仏ユダヤ人所蔵の芸術作品および叢書のドイツ人による略奪 *Le Pillage par les Allemands des oeuvres d'art et des bibliothèques appartenant à des Juifs en France*』に現代ユダヤ・ドキュメンテーションセンター長、アイザック・シュニールソンが執筆した前書きからの引用。

5 ジャン・カスー（一八九七〜一九八六）、ジャン・ゼー国民教育・芸術大臣の官房で美術問題を担当した後、歴史的記念建造物の視察官を経て、一九三八年一月三十日にリュクサンブール国立近代美術館の学芸員補佐に任命される。さらに、一九四〇年八月一日、国立近代美術館の学芸員に任命されたが、一九四〇年九月二十七日にヴィシー政権によってそのポストを解任された。一九四一年十二月十二日から一九四三年六月十八日まで、タルン県のサン＝シュルピス＝ラ＝ポワント収容所に拘留され、解放後、シャルル・ド・ゴールが創設したコンパニョン・ド・ラ・リベラシオン（解放の同志）勲章を授けられた。一九四五年十月一日に職務に復帰し、一九四六年八月に国立近代美術館の主任学芸員に任命される。

6 『在仏ユダヤ人所蔵の芸術作品および蔵書のドイツ人による略奪』でジャン・カスーが記した序文からの引用。

7 公共財産についての記録文書がないため、国有財産売却中央局が売却した資産の所有権移転情報を正確に作成することができない。競売によって売却された作品中のかなりの作品がおもにユダヤ人家庭から略奪された資産であることは確かである。

8 ロランス・ベルトラン・ドルレアック、*L'Art de la defaite, 1940-1944*, Seuil,Paris, 1993

9 リン・H・ニコラス、『ヨーロッパの略奪』高橋早苗訳、白水社、二〇〇二

10 エクトール・フェリシアーノ、『ナチの絵画略奪作戦』、宇京頼三訳、平凡社、一九九八

11 フランソワーズ・カシャン（一九三六〜二〇一一）、印象派が専門の美術史家。一九八六年から一九九四年までオルセー美術館館長、一九九四年から二〇〇一年までフランス国立美術館総局長を務める。

12 経済・社会評議会会長、ジャン・マテオリに宛てた、一九九七年二月五日付のアラン・ジュペ首相署名入り任務通達書。

13 一九九八年一二月、四十四カ国の代表および十三のNGO代表がワシントンに集まり、ナチスに奪われた文化資産の返還ルールを定める宣言をした。

14 二〇〇九年六月、プラハで、ナチ体制下でユダヤ人が被った略奪の賠償手続きを継続するという道義的誓約書に四十六カ国が署名した。

15 ダヴィッド・ジヴィ、«*Des traces subsistent dans les registres…*». *Biens culturels spolies pendant la Seconde Guerre mondiale : une ambition pour rechercher, retrouver, restituer et expliquer*（《記録文書に残っている痕跡》第二次世界大戦中に略奪された文化資産：探し、見つけ出し、返還し、説明するための野心）、第二次世界大戦中に略奪の対象となった美術作品および文化資産の取り扱いに関する任務、二〇〇八年二月。

謝辞

ローズ・ヴァラン記念協会のジャクリーヌ・バルタレイ会長には、サン＝テティエンヌ＝ド＝サン＝ジョワールで私を温かく迎えて下さり、数々の記録文書や文献を提供して下さり、本書の執筆を支援して下さったことに心から感謝いたします。

ローズ・ヴァランの果敢な物語を書くことに同意して下さったローズ・ヴァランの又従妹、クリスティーヌ・ヴェルネイにも感謝します。

エマニュエル・ポラックには、ローズ・ヴァランについての研究、また占領期の美術市場、美術品の略奪についての研究に捧げた長年のキャリアを通して収集した記録文書を私に提供して下さったことに、また、私の数々の質問に丁寧かつ詳しく答えて下さったことに、心から感謝します。

ジョイスの甥のアウリエル＆アンディ・ヘールには、トーキーで私を歓迎して下さり、家族の思い出を語って下さったことに感謝します。

私を支えてくれたセルジュ・トゥビアナに感謝します。

多くの歴史家、アーキヴィストの皆様、あなたがたの助けなしには、本書を執筆できませんでした。とくに、以下の皆様に感謝します。

ラ・クルヌーヴの外務省外交文書センターの、美術品回収記録文書／一九四五年から一九五五年までのドイツ、オーストリアのフランス占領地区記録文書担当主任学芸員、セバスチャン・ショフール

グルノーブルのイゼール県レジスタンス・強制移送博物館館長のアリス・ビュッフェと同館コレクション担当のアントワーヌ・ミュジー

グルノーブルのドーフィネ美術館館長、オリヴィエ・コーニュ

リヨンのＣＨＲＤ（レジスタンス・強制移送歴史センター）考証センター長

最後に、編集者のアリス・ダンディニェには、このプロジェクトを主導し、信頼と厳しさと情熱をもって、多くの障害を乗り越えさせてくれたことに感謝します。

訳者あとがき

本書は、第二次世界大戦中にナチスに略奪された美術品の回収と返還に生涯をかけたフランスの一学芸員、ローズ・ヴァランの伝記、*Rose Valland, l'espionne à l'oeuvre* の翻訳である。著者のジェニファー・ルシューはジャーナリストであると同時に、伝記を多く手掛けている作家で、アメリカの流行作家、ジャック・ロンドンの伝記でゴンクール伝記賞を受賞している。

ヒトラーは若き頃、芸術の都ウィーンに憧れ、画家になることを目指してウィーン美術アカデミーを受験するも、二度も失敗した。やがて政治家に転身して権力を握り、ナチス・ドイツがオーストリアを併合すると、故郷のリンツに自分好みの選りすぐりの美術品を集めた「総統美術館」を建てることを夢見るようになった。リンツを、自分を受け入れなかったウイーンを凌ぐ芸術の都にしたかったのだ。そのためにナチスは、そのイデオロギーに合致する古典的な美術品を保護するという名目で、まずはドイツ国内の、次いで占領国の主にユダヤ人が所有する美術品を次々に略奪していった。さらには、いわゆる退廃芸術を一掃するためと称してモダンアート作品までも没収した。美術品の没収とそれらの目録作成の任を負ってヴィシー政権下のパリにやって来たのがＥＲＲ（全国指導者ローゼンベルク特捜隊）だ。ＥＲＲは、没収した作品を一時的に保管する場所としてジュ・ド・ポーム美術館を占拠した。代用学芸員としてこの美術館に残った唯一人のフランス人がローズ・ヴァランである。ドイツ人は彼女に建物の管理を任せただけで、美術品の目録作成には一切、関与させなかった。しかし彼女は、美術館に保管されている膨大な数の木箱の中身について、誰のコレクションのどの作品が入っているか、どの列車でどこに運ばれるのかといった情報を密かに調べあげ、すべてをノートに記録した。

ナチスの美術品略奪と戦後の回収・返還活動について書かれた書籍はいくつかあり、映画化されたものもあるが、そのほとんどは米軍を中心としたいわゆる「モニュメンツ・メン」の活躍に光が当てられており、ローズ・ヴァランについて詳しく言及されているものはほとんどないようだ。その意味で本書は貴重な一冊だと言えるだろう。彼女の記録ノートがなければ、またオーストリアとドイツでの彼女の地道な略奪品の追跡作業がなければ、戦後に返還された略奪作品はずっと少なかった筈なのだから。なぜ、ローズの行為にほとんど関心が向けられなかったのだろう？

ローズのような女性にとって、当時の社会は決して住み心地の良いものではなかっただろう。著者は文章の端々にそのことを匂わせている。彼女が今の時代に生きていたなら、どんな一生を送っていただろうかと想像せずにはいられない。ルーヴル学院とパリ大学の美術・考古学研究所で研鑽を積んだローズは、今ならきっと、すんなりと学芸員になり、使命感に燃えて仕事に没頭していることだろう。そして同姓パートナーのジョイスと堂々と結婚していることだろう。養子を迎えているかもしれない。フランスでは二〇一三年に同性婚が認められたし、それより前の一九九九年に成立した民事連帯契約（PACS）という制度によって、同性カップルが婚姻契約に近い形で共同生活を営むことできるようになっているのだから。しかし現実のローズは、ジョイスのことを決して誰にも明かさなかった。また彼女が正式な学芸員に任命されたのは一九三二年にジュ・ド・ポーム美術館の門を初めてくぐってから実に二十年後のことだった。彼女の文字通り命がけの努力は、煙たがられることはあっても、感謝されることはなかったようだ。

回収されたすべての作品を真の持ち主あるはその家族に返還するというローズの決意は、いまだ達成されていない。しかし、美術史家、エマニュエル・ポラックによる「あとがき」にあるように、フランスでは一九九七年に設置されたマテオリ委員会によって没収された財産の調査が開始され、止まっていた略奪美術品の返還への動きがゆっくりと動き出した。近年、略奪美術品返還の動きが世界的に加速しているとのことで、フランスでも二〇二三年に略奪美術品の返還に関する法案が可決された。今後の動きが期待される。

最後にきめ細やかな編集作業をして下さった原書房の善元温子様、また、翻訳に際してお世話になった株式会社リベルのスタッフの皆さまに心からの感謝を申し上げます。

広野和美

Flammarion, 2004（レオン・ゴールデンソーン『ニュルンベルク・インタビュー』上下巻、小林等他訳、河出書房新社、2005）
Christian Ingrao : *Croire et détruire*, Fayard, 2010（クリスティアン・アングラオ『ナチスの知識人部隊』吉田春美訳、河出書房新社、2012）
Francois Kersaudy : *Hermann Goering*, Perrin, 2013
Francois Kersaudy : *Goering, l'homme de fer*, Perrin,2022
Ian Kershaw : *Hitler*, Flammarion, 2020（イアン・カーショー『ヒトラー』上下巻、石田勇治監修、川喜田敦子・福永美和子訳、白水社、2015、2016）
Robert Paxton : *La France de Vichy*, Seuil, 1999（ロバート・パクストン『ファシズムのフランス：対独協力と国民改革 1940-1944』渡辺和行他訳、柏書房、2004）
Guillaume Pollack : *L'Armée du silence*, Tallandier,2022
Anne Sebba : *Les Parisiennes*, La Librairie Vuibert,2018
Albert Speer : *Au coeur du Troisième Reich*, Fayard, 2011（アルベルト・シュペーア『第三帝国の神殿にて：ナチス軍需相の証言』上下巻、品田豊治訳、中公文庫、2001）
Dominique Veillon : *Paris allemand. Entre refus et soumission*, Tallandier, 2021
Bénédicte Vergez-Chaignon : *Pétain*, Perrin, 2018

記事

Jean-Marc Dreyfus,《10 890 tableaux, 583 sculptures,583 tapisseries, 2 477 pieces de mobiliers anciens, 5 825 pièces de porcelaine : le procès de l'ERR et du pillage des oeuvres d'art, Paris, 1950》, Histoire@*Politique*, no 35, mai-aout 2018
Humbert, Roger,《Rose Valland et la restitution des biens culturels》, *MUSEA*, consulté le 16 novembre 2022, http://musea.fr/items/show/1758

映画／ドキュメンタリー

L'Espionne aux tableaux, réal. Brigitte Chevet, 2015
Le Catalogue Goering, réal. Laurence Thiriat et Jean-Marc Dreyfus, 2021
Le Musee de Hitler, réeal. Hannes Schuler et Jan Lorienzen, 2012
Illustre et inconnu, comment Jacques Jaujard a sauvé le Louvre, réal. Jean-Pierre Devillers et Pierre Pochard, 2014
『大列車作戦』ジョン・フランケンハイマー、1964
『ミケランジェロ・プロジェクト』ジョージ・クルーニー、2014

web サイト

https://agorha.inha.fr/La Mission de recherche et de restitution des biens culturels spoliés entre 1933 et 1945 :
https://www.culture.gouv.fr/Nous-connaitre/Organisation-du-ministere/Le-secretariat-general/Mission-de-recherche-et-de-restitution-des-biens-culturels-spolies-entre-1933-et-1945
Le procès de Nuremberg jour par jour :
https://www.unicaen.fr/recherche/mrsh/crdfed/nuremberg/sommaire.html

アーカイブ

Archives diplomatiques du ministère des Affaires etrangeres, site de La Courneuve
Archives nationales, site de Pierrefitte-sur-Seine
Archives privées de Rose Valland, fournies par l'association La Memoire de Rose Valland et par le musée de la Résistance et de la Déportation de Grenoble

参考資料

主な書籍

Corinne Bouchoux : *Si les tableaux pouvaient parler…*, Presses universitaires de Rennes, 2013

Fabrizio Calvi, Marc J. Masurovsky : *Le Festin du Reich. Le Pillage de la France occupée*, 1940-1945, Fayard, 2006

Jean Cassou : Le Pillage par les *Allemands des oeuvres d'art et des bibliothèques appartenant à des juifs en France*, Centre de documentation juive contemporaine, 1947

共 同 刊 行 誌 : *Sauver un peu de la beauté du monde*, Chambord, 2021

共同刊行誌 : *Pillages et restitutions. Le Destin des œuvres d'art sorties de France pendant la Seconde Guerre mondiale*, Biro, 1997

Frederic Destremau: *Rose Valland. Resistante pour l'art*, Conservation du patrimoine en Isère-Musée dauphinois, 2008

Jean-Marc Dreyfus: *Les Archives diplomatiques. Le Catalogue Goering*, Flammarion, 2015

Robert M. Edsel : *Monuments Men*, Gallimard, 2014（ロバート・M・エドゼル『ナチ略奪美術品を救え——特殊部隊「モニュメンツ・メン」の戦争』高儀進訳、白水社、2010）

Hector Feliciano : *Le Musée disparu*, Austral, 1995（エクトール・フェリシアーノ『ナチの絵画略奪作戦』宇京頼三訳、平凡社、1998）

Guillaume Fonkenell : *Le Louvre pendant la guerre. Regards photographiques*, Le Passage/Musée du Louvre Editions, 2009

Sarah Gensburger : *Images d'un pillage*, Textuel,2010

Nathaniel Herzberg : *Le Musée invisible. Les Chefsd'oeuvre voles*, Editions du Toucan, 2009

Magdeleine Hours : *Une vie au Louvre*, Robert Laffont,1987

Ophélie Jouan : *Rose Valland, une vie à l'oeuvre*,Patrimoine en Isère/Musée de la Résistance et de la Déportation de l'Isàre/Maison des Droits de l'homme, 2019

Isabelle Le Masne de Chermont, Didier Schulmann : *Le Pillage de l'art en France pendant l'Occupation et la situation des 2000 oeuvres confiees aux Musées nationaux*, La Documentation francaise, 2000

Melissa Muller, Monica Tatzkow, Marc Masurovsky : *OEuvres volées, destins brisés. L'Histoire des collections juives pillées par les nazis*, Beaux-Arts, 2013

Lynn H. Nicholas : Le Pillage de l'Europe, Seuil, 1995（リン・H・ニコラス『ヨーロッパの略奪』高橋早苗訳、白水社、2002）

Jonathan Petropoulos : *Goring's Man in Paris : The story of a Nazi Art Plunderer and His World*, Yale University Press, 2021

Emmanuelle Polack : *Le Marché de l'art sous l'Occupation,1940-1944*, Tallandier, 2019

Emmanuelle Polack, Philippe Dagen : *Les Carnets de Rose Valland*, Fage Editions, 2019

Emmanuelle Polack, Catel, Claire Bouilhac : *Capitaine Beaux-Arts*, Dupuis 2009

Emmanuelle Polack, Emmanuel Cerisier : *Rose Valland,l'espionne du musée du Jeu de Paume*, Gulf Stream, 2009

Michel Rayssac : *L'Exode des musées*, Payot, 2007

James Rorimer : *Monuments Man : The Mission to Save Vermeers, Rembrandts and Da Vincis from the Nazis' Grasp*, Rizzoli Electa, 2022

Anne Sinclair : *21, rue La Boétie*, Grasset, 2012

Rose Valland : *Le Front de l'Art*, RMN, 1997

Willem de Vries : *Commando Musik*, Buchet-Chastel,2019

歴史的背景

Eric Alary, Bénédicte Vergez-Chaignon : *Dictionnaire de la France sous l'Occupation*, Larousse, 2011

Fabrice d'Almeida : *La Vie mondaine sous le nazisme*, Perrin, 2006

Olivier Barrot : *La Vie culturelle dans la France occupee*, Gallimard, 2009

Antony Beevor : *La Seconde Guerre mondiale*, Calmann-Lévy, 2012（アントニー・ビーヴァー『第二次世界大戦 1939-45』上中下巻、平賀秀明訳、白水社、2015）

Chroniques de la vie des Francais sous l'Occupation, Larousse, 2011

Leon Goldensohn : *Les Entretiens de Nuremberg*,

【著者】
ジェニファー・ルシュー（Jennifer Lesieur）
1978年生まれ。小説家、エッセイスト、伝記作家。著書の『ジャック・ロンドン *Jack London*』は、ゴンクール伝記賞を受賞している。

【訳者】
広野和美（ひろの・かずみ）
フランス語翻訳者。大阪外国語大学フランス語科卒。訳書に『北欧とゲルマンの神話事典』『パリとカフェの歴史』（以上共訳、原書房）、『0番目の患者』（共訳、柏書房）、『歩き旅の愉しみ』（草思社）、『知っておきたい！ 中国ごはんの常識』（原書房）、『平等についての小さな歴史』（みすず書房）ほか多数。

Rose Valland
by Jennifer LESIEUR

ナチスから美術品《びじゅつひん》を守《まも》ったスパイ
学芸員《がくげいいん》ローズ・ヴァランの生涯《しょうがい》

2025年1月6日　第1刷

著者……………ジェニファー・ルシュー
訳者……………広野和美《ひろのかずみ》
装幀……………和田悠里《わだゆり》
発行者……………成瀬雅人
発行所……………株式会社原書房

〒160-0022 東京都新宿区新宿1-25-13
電話・代表03(3354)0685
振替・00150-6-151594
http://www.harashobo.co.jp

印刷……………新灯印刷株式会社
製本……………東京美術紙工協業組合

ISBN 978-4-562-07490-7, Printed in Japan